C. deMyon 1821.

MADAME,

MARGVERITE

DE LA BAVME

ABBESSE DE

L'ABBAYE DE S. ANDOCHE
DE LA VILLE D'AVTVN, &c.

ACTEVRS.

L'ANGE Gardien de Cecile.

CECILE.

SON PERE.

SA MERE.

SES DEVX ONCLES.

VALERIAN.

TYBVRCE.

LE PAPE VRBAIN.

TVRCE ALMAQVE Prefect.

MAXIME.

TRAGEDIE
Ste CECILE
VIERGE ET MARTYRE

Acte I.
SCENE PREMIERE.

PROTASE?

L'Ange envoyé de Dieu...

Les Chrestiens genereux dans leur propre foiblesse,
Releuent hautement l'esclat de leur Noblesse.
Ce sexe en ce iour rend de belles actions,
Qui rauissent nos cœurs en admiration.

Ouy, le Sexe aujourd'huy, d'vne ieune Romaine,
Faict vn monstre en vertu la rendant souueraine,
Du Venin de la chair, du monde & de l'erreur
Qu'elle a tousiours hay, qu'elle a eu en horreur :
Cecile est cette Illustre, & diuine heroine,
Fille de grand esprit, fille de grande mine,
Et sans vous énoncer l'haute condition,
Cecile, est vn recueil de la perfection.
En elle dans vn mot, la Nature & la Grace,
Ont logé leurs attraits comme dans vne glace,
Pour embrazer vos cœurs d'vn zele genereux,
A louer ses vertus & admirer ses feux,
A mesme que vos voix par vne douce muse
Feront le vray tableau d'vne ame vertueuse,
Ce crayon imparfaict de Cecile sans pair,
Seruira d'ameçon à vous la faire aymer,
Et le succint narré du glorieux Martyre
Doit lier vos amours aux Loix de son empire,
Donnez donc s'il vous plaist, tous vos attentions
A ces vers innocents, à leurs expressions,
Dieu l'exige de vous, & le Ciel vous l'ordonne :
Suiuez sa volonté, & l'Ordre qu'il vous donne,
C'est vn commandement que ie fais de sa part,
Aux filles de vertu logées à l'escart.

C'est à vous genereuses & innocentes filles,
Qui des croix de Cecile auez formé vos grilles,
Et qui de ses vertus, faites vostre miroir,
Par inclination autant que par deuoir :
Disposez vos esprits, à receuoir l'estime,

Acte I.

SCENE PREMIERE.

LES PARENS DE CECILE

Cecile & son Ange Gardien

SCENE SECONDE

LE PERE, LA MERE, LES DEUX ONCLES,

LE PERE.

La Tragédie

Par elle à d'attraits si charmans, si vainqueurs,
Qu'ils font autant d'amans, qu'ils ont d'admirateurs.
Tous les charmes ont sûrement une place,
Qui éblouit mes sens & qui brûlent mon ame,
O Dieu que son esprit a de rares brillans !
Elle n'en produit point, qui ne soit triomphans,
Et tout le monde dit que c'est un vray miracle,
D'admirer sa beauté & d'ouïr son Oracle.
Je ne m'étonne pas, après ce discours,
Si Tiburce Valerian est tout à fait de qualité,
Et se donnoit fort bien, qu'il ayme sa personne,
Puisqu'il s'empresse tant, qu'on la luy donne.
Je le veux, mon Maistre, & j'aouë le mariage,
Differons neanmoins cela jusqu'à demain.
Car je prendray mon tour pour parler à Cecile,
Et j'use comme moy, est toujours utile
En matiere d'amour, ça va tout doucement,
Crainte de violenter ce libre mouvement.
La nature en a fait une si bonne Mere,
Que j'ayme mes Enfans plus que ne fait un Pere.
Pardonnez moy Messieurs, tous ces emportemens,
Vous êtes nés Amis, aussi bien que Parens.
C'est pourquoy excusez l'éclat de ma foiblesse,
Et ce long discours, rien que par tendresse,
Tout ce qu'à jourd'huy nous avons ferme fait,
C'est de l'amitié & d'un bon Contract,
Cependant il nous faut bon gré de cette peine
Elle ne sera pas inutile & en vaine
Nous avons travaillé très efficacement,
A te gagner Cecile doucement,
Sans faire violence.

LE PERE DE CECILE.

Dieu qu'il rechance.

Mes freres, vous voyez qu'un homme comme moy
N'a pas Maistre, ni force, ni trieur chez soy,
Elle a quelque raison, & sa trop grande tendresse
Ne peut pas endurer qu'on la force, & la presse,
Parlons-en franchement, c'est un tres grand malheur
Despouiller deux enfans qu'on ayme par l'honneur,
En est-il effet d'un ... illustre
Ne sçauroit souffrir la derniere violence,
Le Mariage ... en diligence,
... de ... & ...
Car ... par ... les filles
Qui sont les ... en ... de ...

LES DEUX ONCLES.

Nous, ... comme eux,
Et ... la foy, ce ... de Niece
Dont ... à ta raisonnable Fere
Nostre Sœur le veut bien, mais elle a esté peu
... & desordre ...
De peur que le chagrin ... sa belle ...
Quel moyen de changer la ... de ce ...
... ...
Mon Frere, vous avez ... il faut donc
Que ... en ... me ...
Sera dans l'interest de ...
Et que nous ... ce Mariage heureux
... accord de parole & de feu
Allons luy ... donner quelque ...
A mon ... qui nous oblige & nous ...
Allons ... consulter le bon Dieu
C'est assez, adieu ma Delicate ...
Bon-jour, Monsieur, bon fils,
Attendant le bon-heur dernier de vous revoir,

Adieu donc cher parents, adieu nostre bon Frere,
Parlez tout doucement, sans vous mettre en colere.

Fin du premier Acte.

Acte II.

CECILE AVEC SA MERE,
LA MERE DE CECILE.

CEcile mon Enfant, hé ! bien, & qu'est-cecy,
Voudrez-vous bien toûjours me voir dans le soucy,
Ou si vous desirez soulager vostre Mere,
Faites mon cher Enfant ce que veut vostre Pere,
Et cedez doucement aux Loix de la raison,
Il est temps d'y penser, & voicy la saison,
Qu'on vous veut Marier à un homme fort sage,
Son Nom est Valerian, Illustre personnage,
Il est riche & puissant, & il ayme l'honneur,
Cecile ses souspirs m'ont attendry le cœur,
Je n'entreprendray rien pourtant qui ne vous plaise,
Cecile parlez donc en estes-vous bien-aise,
Voulez-vous agreer les feux de cet Amant,
Voulez-vous cet Espoux, parlez-moy franchement
            Respondez tout à l'heure.

CECILE

            Ma Mere que ie meure,
Que ie meure plûtost que de franchir ce pas,
Vn Mary m'est plus dur, que n'est pas le trépas,
Dieu qui m'avés parû favorable & propice,
Ne m'abandonnés pas à ce cruel suplice
Car i'ayme mieux receu sur le philtre de la mort,
Que de trahir ma foy & vous faire ce tort.

I'ay promis à mon Dieu, i'ay promis à mon Ange,
De vivre en chasteté sans Espoux sans meslange:
Iugez apres ce vœu, ma Mere, clairement,
Si ie puis aggreer vostre Commandement.
Et d'abord le discours me semble si seuere,
Que si vostre respect n'empeschoit ma colere,
I'aurois desia pris feu.

LA MERE.

Cecile vostre vœu depend absolument
D'vn Pere qui le veut rompre presentement,
Ma Fille au Nom de Dieu n'en faites point mysteres,
Et laissez vous gaigner aux larmes d'vne Mere,
Quelles ioye auez vous de me voir dans les pleurs
Cedez mon cher enfant à mes tendres langueurs
Cedez à ma douceur. Ah ie vous en coniure,
Faictes moy ce plaisir.

CECILE.

Ma Mere à la bonne heure,
Helas! quel rude sort? & quel fascheux destins,
Donne à tous mes plaisirs cette cruelle fin.
D'vn costé ie me vois sous la Loy de mon Pere,
D'vn autre i'ay regret des larmes de ma Mere.
Dieu qui connoist mes vœux, & qui voidans mon cœur
Sçait bien que ie leurs dois, & respect, & honneur
Le precepte est formel, sa volonté cogneue,
Ma Mere franchement me voicy reuenue.
Puisque c'est le decret, & l'Arrest Eternel,
De l'Estre Superieur, qui d'vn soin Paternel,
Change nos mouuements, & regle nos conduittes,
En faisant succeder le desir à nos suites,
Ie suis fort en estat de faire doucement,
Ce que vous exigez de mon consentement.
Ouy ma Mere il le faut puis que le Ciel l'ordonne,

Cecile à vos defirs aprefent s'abandonne :
Ah Dieu! quel rude coup, de porter mon humeur,
De vouloir un Espoux autre que mon Sauueur,
Espoux toûjours egal, Espoux toûjours aymable,
Epoux tout obligeans, epoux tout fauorable,
Ne m'abandonnez pas dans le cruel effort,
Qui me rauit la vie & me donne la mort,
Espoux mon doux amour, Espoux ma chere ame,
Prenez foing de mon corps, prenez foing de mon ame,
L'vn & l'autre eft à vous indifpenfablemens,
Car fi l'hymen m'attache, ce fera chaftement,
Ie defire obferuer cet extraordinaire,
Qu'd'vne Epoufe Vierge, n'en fait pas vne Mere,
Enfin mon cher Sauueur, ie fuis toûjours à vous,
Et fi i'ay vn Mary, vous ferés mon Espoux,
I'efpere tendrement que voftre prouidence,
Fera de ce Contract vne belle alliance,
Et que Valerian, toignant a mon deffein,
S'oucrera a mon vœu en me donnant la main,
I'efpere que le Ciel allumera fa flame,
Qui fait noircir nos corps, embrazera noftre ame,
Dans cet efpoir facré, dans cette fainte foy,
I'embraffe volontiers voftre diuine loy,
Qui veut qu'vn vray Enfant defpende de fon Pere,
Qu'il fuiuent aueuglement l'exemple de fa Mere,
Ma Mere fouffrez donc, qu'apres ce changement,
Ie borne ici difcours en pleurant doucement,
Mes yeux parlent affez, ma langue s'en veut taire,
Et fi ien veux parler, c'eft a vous mon cher Pere,
Ma Mere ie m'en vay, ou faites-le venir.

SCENE SECONDE.

LA MERE, LE PERE, ET CECILE.

LA MERE.

MA Fille où allez vous, me voulez vous bannir,
Cecile vos discours sont ornez d'vne grace,
Et ie vois la pudeur peinte sur vostre face,
Auec des traicts si beaux, si charmants & si doux,
Que l'aurore n'a rien de comparable à vous.
Ma Fille vous sçauez l'art de me satisfaire,
Vostre bouche m'aigrit & calme ma colere,
Et si vous respondez tant soit peu doucement,
Vos charmantes rigueurs, me traictent en Enfant,
Apprenez toutesfois que vostre bonne Mere,
N'a iamais irrité vostre douceur seuere,
Quand ie vous ay parlé, c'est les larmes aux yeux,
Et si ie l'ay osé, ça esté pour le mieux,
Vostre Pere grondoit, de ma grande tendresse,
Et ie craignois enfin, que dans cette detresse,
Il ne vous mal-traictast, & d'vn air serieux,
Cecile ce discours fait distiller mes yeux.
Tout-beau n'en parlons plus, ie vois venir ton Pere.

LE PERE.

Ie vous rencontre icy, à tendre ô bonne Mere?
C'est trop, c'est trop aymer, de souffrir laschement,
Qu'vne Fille s'oppose à mon contentement.
A ma Femme c'est assez se seruir de la feinte,
Ie veux à tes attraits adiouter la contrainte,
C'est trop, c'est trop souffert, il faut estre furieux,
Et se seruir du droict que nous donnent les Dieux,
Su dont n'escoutons plus, ny son feu, ny sa glace,

Ie veux absolument que cet Hymen se fasse:
Cecile respondez & ne disputez plus,
Vous aurés pour Mary, Valerian, ie le veux:
C'est trop vous en prier, respondez toute à l'heure,
L'affaire est resoluë, point d'autre, ie le iure:
N'aura de mon adueu l'empire de ton cœur?
Cecile resous-toy d'accepter cet honneur,
Et ne m'oblige pas de me mettre en colere,
En cessant d'estre bon, ie serois mauuais Pere:
Cecile sans tarder, respond moy sur le champ.

CECILE.

Mon Pere qu'est-cecy, vous faites le meschant?
Demandez, s'il vous plaist, à Madame ma Mere,
Si ie n'ay pas conclu de vous tous satisfaire,
Et de vous protester humblement à genoux,
Que ie veux vostre amour, non pas vostre corroux,
Vous tenant serrément, embrassé mon chere Pere,
Ie confirme en pleurant ce que vous dit ma Mere:
Ma Mere au nom de Dieu, Ma Mere parlez donc?

LA MERE.

Cecile ie le veux, Monsieur vous estes bon,
C'est pourquoy reuenez de cet air de colere,
Et ne vous fâchez plus, on veut vous satisfaire,
Et cette Fille sage que i'ayme tendrement,
Fait de vostre plaisir tout son contentement,
Valerian peut venir, puisqu'elle est toute preste,
D'auouer son dessein & de luy faire feste,
C'est à vous, mon Mary, de conclure demain,
Cecile le veut bien & vous touche la main,
Et sans faire au bruit de ce beau Mariage,
Vous pouuez consulter vos amis de cet age,
Nos plus proches Parents nous donneront aduis,
Des nobles qualitez de cet aymable Fils,

Vous iuges bien à voir la pudeur de Cecile,
Que son air retenu est encore docile,
Enfin ce cher objet & ce modeste Enfant,
Vous fait le sojuet du de son cœur triomphant:
Faites, faites le tout, Monsieur ie vous en prie,
Ie ne m'en mesle plus, de peur qu'on ne m'en crie,
Consultés vos amis, assemblés vos parents,
S'il vous plaist que mes Freres paroissent sur les rangs
Ie le veux, i'y consens & i'en suis satisfaite.

SCENE TROISIEME.

LE PERE, ET LES DEUX ONCLES.

LE PERE.

O L'plaisant discour, ô la belle deffaite,
Pour ne pas affliger ce que vous aymez tant,
Vous n'en userez pas avec empressement,
Allez, allez en paix, avecque vostre Fille,
Et ne me cherchez plus de semblable verille:
Faites de vos deux yeux deux fontaines de larmes:
Meslez ensemblement & vos pleurs & vos charmes
Desclamez contre moy, desriez ma conduite,
Cecile obeira, ou vous prendrés la fuite:
Allez vous donc cacher & vestés vous de noir,
Ie prens congé de vous, adieu jusqu'au soir:
Ie n'en vais cependant negotier l'affaire,
Laissons le bien pleurer, ie me veux satisfaire:
Voila ma passion, voila mon sentiment.

LES DEUX ONCLES

Ne vous emportez pas, bon-iour tout doucement,
Bon-iour encore un coup, à nostre aymable Frere.

Tout bon, tout genereux, & tousiours meilleur Pere:
Hé quoy! que faisons nous, ou vont nos destinées.
Ne conclurons nous pas toutes ces hypnées;
Qu'a fait ma chere Sœur, qu'a gaigné cette Mere,
Cecile à nostre advis, n'a pas l'humeur austere:
Et nous serions trompés, si son temperemment,
N'auoit pas du rapport a vostre sentiment;
Elle a du iugement, elle nous paroist sage,
Ce n'est plus un Enfant, enfin elle est dans l'âge:
A pouuoir raisonner en matiere d'amour,
Et discerner la nuitt auec l'éclat du iour:
En vn mot, elle doit se regler sur son Pere,
Et vous laisser le soing de terminer l'affaire:
Voila nostre conseil, Voila nos sentimens.

LE PERE.

C'est estre iudicieux, c'est auoir du bon sens,
Vous parlez doctement sans vous mettre en colere:
C'est le plus fort discours qu'on puisse iamais faire:
Car en deux petit mots vous comprenés le tout,
Et poussés, sans mantir, l'affaire iusqu'au bout:
Cecile soubscrira a ce que ie desire,
Et son esprit trop fier, fléchit sous mon Empire:
Elle me l'a promis, sa Mere me l'a dit,
Cecile signera quand nous aurons escrit:
Ie ne suis plus d'humeur d'ouïr la complaisance,
De sa Mere qui meurt quand on luy fait violence:
Cà terminons le tout, & que ce soit demain,
Ie ne veux plus auir que comme souuerain:
Dites-moy franchement, me le conseillez vous?

LES DEVX ONCLES.

Oüy nous le conseillons auy nous l'agreons tous.
Et osons aduancer que toute nostre race,
Receura de l'honneur, que l'affaire se face.

Valerian est bien né, il est bon & discret,
Riche, noble, puissant, genereux, & parfait:
Nous sçauons sa maison, nous connoissons son Pere,
Il a des braues Sœurs, & vn fort ioly Frere:
J'estime ce bon-heur, singulier & nouueau,
De ioindre ces amants de la vie, au tombeau:
Vnissons ces deux cœurs, par vne belle flâme,
Qui anime leurs cœurs & qui brusle leurs ames:
Voila l'arrest donné, c'est la conclusion.

LE PERE.

Mes Freres ie consens sans aucune illusion,
Que l'arrest pronôcé & que vostre sentence
S'execute demain en bonne diligence:
Et que Valerian soit mon Gendre & mon Fils,
Comme vous mes Parents, & mes plus chers amis:
Allez, touchez la main, ie iure sur mon ame:
Que le Mariage est fait, à moins que d'estre infame,
Je vous donne mon sein, ie vous donne ma voix:
Je veux que cela soit, c'est le sceau de mon choix:
Reposez-vous sur moy, & dites qu'vn bon Pere
Est toujours plus constant que n'est pas vne Mere:
Allons, nous retirer, mes Freres, adieu, bonsoir,
Esperant cet honneur, demain de vous reuoir:
Le Contract est passé, resolution est prise,
Je suis bomme de foy, c'est ma belle deuise:
En vn mot vvy voila bien ensemblement,
Par l'attache d'honneur, qui fait mon compliment.

SCENE QVATRIEME.

CECILE ET L'ANGE.

CECILE.

IE n'ay point de discours, ie suis toute interdite,
Ie vis toujours resuant, de mesme qu'Heraclite:
Quelle melancolie, & quel abatement
Surprent mon esprit & maistrise mes sens,
Où est ma belle humeur, où est cét air sincere?
Où est allé mon vœu, où est la flamme chere,
Qui denotoit mon cœur d'vn si pur mouuement,
Que ma chair exhaloit vn parfum tout charmant,
Vn esprit embaumé de cette odeur mystique,
Formoit mille beaux airs sur les Orgues en musique.
Helas ie ne suis plus ce que i'estois pour lors,
Depuis que l'on m'a dit que mon funeste sort,
N'a plus d'autre destin que celuy du Mariage,
A Dieu! quelle vnion, ah! le triste aliage,
Le mariage, Seigneur, ne me plaira iamais,
Et ie suis tout à vous, à l'heure & desormais:
Que si i'ay vn Mary, & que ie sois sa Femme,
Vous serés seul l'Espoux, & du corps, & de l'ame,
Enfin ie veux mourir, aprés ce triste effort,
Car ie treuue la vie, plus rude que la mort.
Ie suis au desespoir, consolez moy mon Ange?

L'ANGE

Cecile ce destin, Cecile cét eschange,
Est le coup inconnu, Iuste & innocent,
D'vne main qui guerit, mesme en nous blessant,
Laissez agir le Ciel, adorez sa conduite,
Puisque c'est son decret, personne ne L'euite:

Effacez vos chagrins, & donnés vostre foy,
A ce fidel Espoux qui changera sa loy,
Cecile bannissés cet humeur sombre & noire,
Dont le Ciel veut tirer vne si haute gloire,
Qui ouurira les yeux à cet aueuglement,
Quand vous serés vnie par ce beau Sacrement,
Valerian sera l'agreable victime,
De ce mesme esprit, qui vous pousse & anime,
Laissés faire le Ciel, donnés luy vostre choix,
Vn Martyr pour Espoux, est vne douce croix.

Fin du second Acte.

Acte III.

SCENE PREMIERE.
LE PERE ET VALERIAN.
LE PERE.

Onsieur ie le veux bien, dans la sincerité,
Ie le iure tout haut auecque verité :
Que ma Fille est a vous, que vous serés mon Gendre,
Il est tout arresté, ie ne puis m'en deffendre,
Vos rares qualitez ont esblouy mes sens,
Et vos perfections ont charmé mes Parents,
Vous estes obligeant, genereux, tres-aymable,
Touchez mon Fils la main en tout incomparable,
Agreez-vous mon choix & donnés-vous le soin,
A ce que i'ay escrit, pour finir ce dessein,
Respondés-moy mon Fils, m'aurés vous pour Pere,
Cecile est toute a vous, terminons cette affaire,
Parlez-moy Valerian ô vray homme d'honneur !
Les traicts de sa beauté perce-t'ils vostre cœur,
N'estes-vous point touchez de cette arme guerriere,
Qui tue l'amoureux, sans le mettre a la biere,

Dites mon caualier, parlez moy galamment,
N'estes vous pas espris du philtre d'vn amant?

VALERIAN.

Cecile a des attraicts, vostre fille a des charmes,
Qu'on ne peut contempler sans mettre bas les armes:
Monsieur c'est vn obiect si doux & si aymable,
Que i'en suis esperdu tant elle est adorable:
Et à vous parler net ie brusle incessamment,
Du feu que ses appas causent innocemment,
Puisque vous l'aggréez, ie consens de la prendre,
De l'espouser bien-tost & d'estre vostre Gendre:
Cet honneur doit borner toute l'ambition,
Du plus riche galand qui auroit ma passion:
Et i'ose vous iurer sur le fond de mon ame,
Que quand ie serois Roy ie la voudrois pour Femme:
Enfin c'est vn subiet si charmant & si doux,
Que pour le meriter ie me mets à genoux.
Et vous coniure donc la larme à la paupiere,
De m'accorder le bien de voir cette lumiere:
Qui esblouit mes yeux & embrase mon cœur,
Que son par-faict soubmis, que son adorateur,
Ayt le bien de l'auoir & d'admirer sa face,
Faites-moy cet honneur, faites-moy cette grace:
Peut-estre que le son languissant de ma voix:
Flechira sa rigueur au bon-heur de mon choix.

SCENE DEVXIEME

LE PERE, VALERIAN ET CECILE.

LE PERE

MOn Fils ie le veux bien vostre demande est iuste,
De vous la refuser ie serois estre iniuste:
Vous luy faites honneur & à tous ses Parens,
De la complimenter de termes si pressants:

Qu'on la fasse venir auec sa chere Mere :
I'entre en ses interests, comme doit un vray Pere.
Cecile venés donc & ne defferés plus,
De courir a ma voix, de paroistre a nos yeux :
Ma Fille vous voila, faites la reuerance,
A ce beau Caualier, qui se met en deffence :
Aymez le tendrement, ie l'entend : ie le veux,
C'est un homme d'esclat, fort braue & genereux :
Ma Fille embrassez le auec bienseance
Puisqu'il est vostre Espoux, parlez en asseurance :
Voulez vous agréer les offices de son cœur,
Qu'il vient vous consacrer, & vous en faire honneur.

CECILE

Mon Pere c'est assez, vous auoir fait la guerre,
Ie suis absolûment en humeur de vous plaire :
I'abandonne mon sort, aux soings de vostre amour,
Et veux vous obeïr, à l'aueugle en ce tour :
Valerian est gracieux, & son abord sincere,
Me plaist infiniment, puisqu'il vous plaist mon Pere.
Son port maiestueux & son air obligeant,
Me rouient tout à fait, ie le troue engageant,
Ie suis donc toute à luy, expliquez le Mistere,
Ie veux suiure à ce coup, vos volontez, mon Pere.
I'agrée ses respects, i'ayme son compliment,
Et le prens pour Espoux, puisqu'il est mon Amant.

LE PERE

Dieu ! quel celeste sort, Dieu ! quelle destinée,
Termine heureusement cette belle hymenée :
Quel changement soudain ! quelle aymable souplesse !
Ma Fille i'ay pour vous une extreme tendresse,
Sachez que tous mes soings & mes empressemens,
Seront de mon amour, les plus mouuemens :
Valerian mon Fils, vostre fortune est faite,

Ma Femme le veut bien, Cecile est satisfaite:
Vous n'auez qu'a parler à la Mere vn moment,
Et puis ie vous diray le mot du Sacrement.

SCENE TROISIEME.

VALERIAN ET LA MERE DE CECILE.

VALERIAN.

Madame, ie ne puis vous trahir ma pensée,
Ie n'ay point deguisé quand ie l'ay annoncé:
La beauté de Cecile, est comme l'allumette,
Qui produit vn grand feu d'vne flâme secrette,
Propre à nous embraser, mesme dans la froideur,
Et l'esprit & le corps, d'vne pressante ardeur:
Les Historiens ont dit, que l'amour est le Pere,
De la douce rigueur, de la douceur seuere:
C'est vn petit tyran, qui trauaille en martirs,
Qui se nourit du sang des larmes & des soûpirs:
Ce bourreau innocent exerce fort sa rage,
Sur les ieunes amants qu'il tient en esclauage:
Il a des traits dorés, des fleches si subtiles,
Qu'elles percent l'esprit mesme des plus habilles:
Ce petit Cupidon ingenieux à nous plaire,
Nous blesse en nous flattant, nous rit & nous enferre:
Enfin ce beau rusé agit adroitement,
Et rend plus mal-heureux le plus fidelle amant,
Son air pour tout cela, ne paroist point seuere,
Ie vous iure à le voir, qu'il n'a rien de l'austere,
Ces coups industrieux, font des effects estranges,
Et changent en demon, mesme des petits Anges,
Il fait deuenir fol, le vieux, le ieune sage,

Sans auoir nul égard au sexe, ny à l'âge :
Enfin c'est vn cruel empire que l'amour,
La nuict n'a rien de doux, a que ayme de iour :
C'est vn grand ambarras, c'est vn rude manege,
Vn amant ne meurt pas, si pourtant il expire :
Ou s'il meurt, ou s'il vit, accablé de langueur,
Cette vie est la mort d'vn pitoyable cœur.
Ah ! quel rudes assauts, Ah ! la mortelle atteinte,
Si i'ayme franchement, on ne m'ayme qu'en feinte :
Il ne faut que resuer & de iour & de nuict,
S'il a quelque repos, c'est touiours dans le bruit :
La ialousie esmeut en luy cette puissance,
Qui fait l'obiect present dans sa cruelle absence :
Cette folle megere, cette foïe passion,
Peint de mille phantomes l'imagination :
Madame c'est pitié de voir ce miserable,
Traisner ainsi ses iours, sans qu'il soit guerissable :
Et ce qui fait le plus de l'admiration,
C'est que le tourment plaist dans sa vexation :
Nul ne sçauroit guerir cette plaïe mortelle,
L'amant ayme son mal & sa rigueur cruelle :
L'amour est vn charmant & vn enforceleur,
Qui nous fait resiouïr de soûpers & de pleurs :
La tristesse & son air, gay & melancholique,
Forme le beau concert de sa sombre musique :
Il ayme esperdûment, sans sçauoir ce qu'il fait,
Il n'est iamais n'soy, ny moins la où il est :
Iugez donc s'il vous plaist, ô mon illustre Dame,
Si ie n'ay pas subiet de soulager ma flame :
Après le long tissu de cette expression,
N'aurez-vous pas pour moy de la compassion :
Vous auez trop d'esprit, vous estes trop sçauante,
En ces matieres la, pour n'estre complaisante :

Et i'ose me flater qu'apres ce compliment,
Vous dires que ie doibs estre Espoux comme amant.

LA MERE.

Monsieur vostre discour est si doux & si rare,
Qu'il excede en beauté les termes de Pindare,
Et vous vous enoncés si caualierement,
Que i'adore ce feu & son emportement :
Quoy que ie sois beaucoup chargée de matiere,
Si ie n'ay pas le feu, i'en retiens la lumiere :
Le Ciel ne m'a fait naistre dans l'éclat de la Cour,
Que pour m'instruire un peu des charmes de l'amour,
La prudence pourtant & le cours de mon âge,
M'interdit de parler d'un subiet si volage,
Et sans vous rien traicter de l'air du compliment,
Vous serez bon Mary comme parfait amant,
Cecile doit oberir un si precieux merite,
Et se porter bien-tost où vostre amour l'inuite :
Il est iuste mon Fils, qu'ayant fait ton tourment,
Elle face ta ioye & ton contentement :
Dites luy en deux mots vostre charmante grace,
Relevera l'éclat & le feu de sa face :
Et vous l'engagerez tres-infailliblement,
A vouloir pour Espoux, vn si discret Amant.

SCENE QVATRIEME.

VALERIAN ET CECILE.

VALERIAN

Madame si la loy de la sincerité,
Iustifie un amant dans sa temerité :
Ie dois dés ce moment en obtenir la grace,
Puisque vous la portez sur vostre douce face :

Madame ie vous fais un compliment de cœur,
Sans oser m'expliquer auec plus d'ardeur,
La langue ne sçauroit fidellement vous dire,
Ce que mon cœur ressent de vostre rare Empire,
Ie ne suis plus à moy, puisque ie suis à vous,
Et vous le connoistrez me mettant à genoux,
Pour vous persuader d'une façon expresse,
Que si ie vis d'amour, ie me meurs de tendresse,
Cecile au nom de Dieu, laissons ce compliment,
L'amour ne s'ayme pas mais bien le Sacrement,
Qui lie d'un sainct nœud, sacré & admirable,
Le beau cœur de l'amant à son unique aymable,
Vous rougissez Madame, & de vostre pudeur,
I'en fais ma confusion & aprés mon bon heur,
Consentez promptement à l'effort de ma flame,
Ma bouche n'en dit plus, le reste est dans mon ame,
Conceuez mes desirs & entendez mes feux,
Il ne faut qu'un seul mot & me voila heureux.

CECILE.

Monsieur ie ne suis pas en humeur de me plaindre,
Ny du sort, ny du Ciel, ny de vostre beau feindre,
Vous auez du plus fin & du plus iudicieux,
I'ayme fort vostre humeur & son air precieux,
Vous serez mon Espoux, puisque le Ciel l'ordonne,
A ces rares secrets enfin ie m'abandonne,
Si ie n'ay pas l'esprit à faire un compliment,
Du moins sçay-ie fort bien reconnoistre un amant,
Ie sçay encore mieux obeir à mon Pere,
Puisque c'est son dessein, ie le dois satisfaire,
Et sans plus balancer ie proteste à genoux,
Que ie veux Valerian pour mon unique Espoux.

VALERIAN.

Madame cet aueu, vaut bien mieux qu'un Empire,

Mon

Mon cœur a donc l'obiet, pour lequel il soupire:
Vous estes toute a moy, & ie suis come à vous,
Baisons nous s'il vous plaist doucement a genoux:
Et faisons que l'amour & non pas le caprice,
Cause ce sentiment de Paix & de Iustice:
Pour moy ie le veux bien, & ie tombe d'accord,
De mesler auec vous & ma vie & ma mort:
Dans cet aymable espoir, ie proteste & ie iure,
De vous aymer tousiours d'vn mesme air qu'à cette heure.

SCENE CINQVIEME.

LE PERE, LA MERE, LES DEVX ONCLES, VALERIAN ET CECILE.

LE PERE.

BEnissons l'Immortel, loüons hautement Dieu,
Puisque nous sommes tous assemblez en ce lieu,
Pour ioindre les amans d'vne estroite alliance,
Que le Ciel benira par cette prescience,
Qui regle les actions, qui fait le Sacrement,
Qu'on connoist icy-bas, venir du firmament:
C'est vn iour consacré à la plus belle ioye,
Que mon esprit sait gay, que mon cœur se desploye:
Ma Femme, mes Amis, mes Freres & mes Parents,
Entrez dans mon humeur, prenez mes sentiments:
Qu'on crie a pleine voix, qu'on demene alegresse,
Qu'on s'esbatte des mains, qu'on danse & qu'on s'empresse:
A tesmoigner par tout la feste de mon cœur,
Qu'il mourra fait icy après ce grand bon-heur:
Allons donc promptement acheuer cette histoire,

Ou toute la maison recevra de la gloire:
Et ne retardons plus d'unir ces saints amants,
Qui n'ont rien de commun dans leurs purs mouvemens
Le Ciel benira tout & mesme la fortune,
A toujours seconde l'approbation commune:
Qui donne des esloges a ces deux beaux Espoux,
Que i'admire cottés, tendrement à genoux:
Relevez-vous mes chers de cette humble posture,
Et suivez maintenant le Ciel & la nature:
Qui veut venir vos cœurs du bien du Sacrement,
Allons c'est assez dit, achevons vitement:
Ie vous donne ma paix, voyez que vostre Mere,
A plaudit de ses mains, a ce rare mystere:
Enfin tous ces messieurs, nos Freres & Parents,
Sont ravis de vous voir, mariez & contents:
De moy i'en loue Dieu & le benit sans cesse,
Vivez donc longuement, en paix & alegresse:
Coulez vos iours en paix, aymés vous tendrement,
Servés Dieu de bon cœur, priez-le constamment:
Que iamais le soupçon que iamais le caprice,
N'altere vostre esprit, non plus que la malice.
Allés soyez benis du Ciel & de mes mains,
Allés mes chers enfans, Dieu vous face des saints
Ce sont les vrais souhaits de vostre tendre Pere,
Ce sont vous les desirs de vostre bonne Mere.

Fin du troisiéme Acte.

Acte IV.

SCENE PREMIERE.

CECILE ET VALERIAN.

CECILE.

Valerian mon amy & mon tres-cher Espoux,
Je dois confidemment converser auec vous:
Et ne pas vous celer vn sublime mystere,
Qui vous doit esclairer sans vous mettre en colere.
J'ay vn Ange auec moy, enuoyé du Seigneur,
Si jaloux de mon corps & de mon propre honneur:
Que ie craindrois pour vous, si vous ostiez rien faire,
Qui ne fut pas seeant & qui luy peut desplaire:
C'est pourquoy laissez-moy & viuons chastement,
Pour ne pas profaner vn si pur Sacrement:
Cet esprit degagé, cette fidelle essance,
M'ordonne absolûment de viure en continance:
Ca mon cher Valerian & mon plus chaste amour,
Sacrifions nos corps & nos cœurs en ce iour:
A cette haute vertu, qui hors de tout meslange,
Fait de deux Mariez la peinture d'vn Ange:
Ne vous approchez pas de mon corps innocent,
Et n'entreprenés rien qui ne soit bien decent,
De peur que ce Gardien, vostre emule fidele,
Ne vous fit expirer, mais d'vne mort cruelle:
Ie ne vous respond pas d'vn tout semblable sort,
Si vous vous azardez de me faire ce tort:
Viuons ensemblement d'vne belle maniere,
Reiglons nos actions à l'air de la lumiere.

C 2

Qui touche les obiets, sans les tenir iamais,
Bien qu'ils soient criminels, sales, vilains & laid
Imitons dans la chair, la pureté de l'Ange,
Qui approche nos corps, sans entrer en meslange:
Suiuons l'impression & le beau mouuement,
De cet astre doré de nostre Firmament.
Admirons le destin de cette rare Ermine,
Qu'on tue bien plustost, qu'on ne la contamine:
Sus donc o Valerian! soyez mon chaste Espoux,
Ie vous conture encore humblement à genoux:
De ne pas attenter à ma chair innocente,
Vous en serez heureux & i'en seray contente:
Vostre bon-heur depend de cet estat pretieux,
Qui me doit laisser Vierge & vous ouurir les yeux:
Afin de regarder cet esprit admirable,
Tousiours plus obligeant & tousiours plus aymable:
Vous le verrez tout nud & sans empeschement,
Si vous estes laué de l'eau du Sacrement.

VALERIAN.

C'est trop-tost commencer de faire la seuere,
Cecile, vos discours me mettroient en colere:
Si mon humeur pour vous n'auoit bien du respect,
Ie trahirois bien tost vostre attente en effet:
Ie prendrois sur le champ vn si fascheux ombrage,
Que vostre honneur seroit exposé à l'outrage:
Cecile au nom de Dieu, agissons franchement,
Et ne me traites plus si indifferamment:
I'ay Dieu grace du temps, i'ay Dieu-mercy de l'âge,
Pour ne pas ignorer le deuoir du Mariage:
Ie suis assez instruit, pour sçauoir que l'honneur
M'oblige maintenant de vous verser mon cœur,
N'en vsez plus ainsi, obligez-moy ma femme,
Si vous ne voulez pas passer pour vne infame.

Ie sçay vostre vertu, vostre temperamment,
Et c'est ce que suspend vn mauuais iugement:
Car si ie ne sçauois que vous estes tres-sage,
A ouïr ce discour, ie vous croyrois volage.
Cecile ie ay subiet de fletrir vostre honneur,
Si ie ne vois bien-tost cet exprez du Seigneur:
Et i'ay grande raison de vous croire infidelle,
Si ie ne parle pas a cet Ange fidelle:
Et vn mot mon esprit s'agite estrangement,
Que ie voye cet Ange, ou-bien c'est vostre amant.

CECILE.

Valerian mon amy, tout doux & sans colere,
Ie vous veux obeïr, & vous veux satisfaire.
Ie n'ay rien aduancé que bien solidement,
Puisque vous le verrez de prez, distinctement:
Apres que vos deux yeux auront par le Baptesme,
Receu la sainte Onction, & de l'Eau, & du Cresme:
Vous verrez cet obiet admirable & charmant,
Qui épure les feux par son pur mouuement
Faites vous donc Chrestien & netoyez vostre ame,
Receuez cet esclat, bruslez de cette flamé:
Et ie veux sans iurer me soûmettre à mourir,
Si vous ne le voyez pres de vous sans courir:
Ouy cet Ange du Ciel vous montrera sa face,
Quand vous serez Chrestien & en estat de grace.

SCENE QVATRIEME.

VALERIAN ET CECILE.

VALERIAN.

Quoy n'ay ie pas deux yeux pour connoistre vn obiet,
Quoy n'ay ie pas le sens assez bon & parfait,

N'a-t'on pas des flambeaux pour voir clair dans les ombres,
Pour difcerner au vray, vn corps d'auec fon ombre;
Et l'aftre de nos iours à mille beaux brillants,
Qui font purs, nets, feconds & toufiours fretillants:
Il dore les obfcurs, releue leur vifage,
Des mornes & des morts, il anime l'image:
Enfin c'eft fe flatter & fe mocquer de moy,
De me croire affès fot pour vous donner ma foy:
Cecile encore vn coup, ma foy n'eft pas legere,
Agiffès en Efpoufe & non pas en megere:
Cecile ce fantôme allume tout mon fang,
Il faut voir ce riual, cet Ange, ou cet Amant:
Que fi c'eft vn efprit, ie luy rendray hommage,
Qu'vn homme comme moy doit à ce perfonnage:
Si ie ne le vois pas, ie n'en ay pas la foy,
Que fi ie le puis voir, ie fuis fous voftre loy:
Ah! que le fexe eft vain, qu'il eft foible & debile,
De me croire fitoft, fi niais & fi facile:
Non ie ne le crois pas, & fi ie ne le vois,
Iamais ie ne diray Cecile ie le crois:
C'eft fe railler de moy, de croire qu'vn chimere
Soit Soleil de ma foy.

CECILE.

Demandès a ma Mere:
Si depuis fort long-temps cet Ange genereux,
N'eft pas de mon falut faintement amoureux:
Que s'il eft fi ialoux, de mon corps, de mon ame,
Areftès voftre ardeur, moderès voftre flame,
De peur, Valerian, mon tres-aymable Efpoux,
Qu'il ne vous en prit mal d'irriter fon couroux
C'eft vn cœur fi entier, vne mine fi fiere,
Qu'vn feul de fes regards vous mettroit à la biere:
Euitès ie vous prie ce trifte euenement,

Et vivons pour luy plaire vierges ensemblement :
C'est vn esprit sans corps, vn tres-parfait modele,
Vn tuteur obligeant, vn compagnon fidele :
Que si vous-passionnés d'admirer sa beauté,
Pour iouir doucement de cette priuauté,
Dissipés ce bandeau, effacés ce nuage,
Qui met vn crespe noir sur cette belle image :
Rompés ce voile obscur, brisés cet epiredeux,
Qui vous bouche les yeux et vous rend mal-heureux :
Valerian reuenés de ce mal-heur extreme,
Et desliés les yeux par les eaux de Baptesme :
Qui vous donnant l'effect de ce grand Sacrement,
Vous rendra digne encor de voir ce mien amant.
Qui tout ialoux qu'il est, n'a rien de trop seuere,
Il prend feu quelquefois sans se mettre en colere :
Et cet emportement est si sage & si doux,
Que i'ayme infiniment qu'il soit vn peu ialoux :
Cette basse passion est en luy si parfaite,
Qu'elle sert a mon feu d'vne rare allumette :
Qui m'engage a l'aymer, mais si eperduement,
Que tout me semble fade auprés de cet amant :
Ie l'ayme Valerian d'vne façon si belle,
Que ie mourois pluiost que d'estre moins fidelle :
Ie l'ayme tout de bon, mais si parfaictement,
Que ie ne trouue rien hors de luy de charmant :
Il possede mon cœur d'vne telle maniere,
Qu'il est luy seul, mon tout, mon vnique lumiere :
Il a les qualités que i'ayme tendrement,
Son esprit symbolise a mon temperament :
Son serieux me reuient, son enioué me charme,
Si ie le vois moins gay, mon esprit s'en allarme :
Son langage est si doux, si fin & si parfait,
Que i'entend ce discours auec bien du respect :

J'admire ce parleur de mesme qu'un Oracle,
Il ne parle iamais sans produire un miracle,
Puisqu'il opere en moy un total changement,
D'humeur, d'inclination, d'agir, de sentiment,
Son approche me plaist, son absence me tue,
Voila ma passion & sa peinture nue.
Valerian vous verrez l'obiet de mon amour,
Et vous en demeurez epris à vostre tour,
Valerian vous verrez un vieillard venerable,
Qui n'a rien de commun qui ne soit tres-aymable,
Car ayant admiré la douceur de ses charmes,
Vous conclurez d'abord qu'il faut rendre les armes,
Et deplorer l'estat & l'extreme bassesse
De ses esprits espais qui viuent sans tendresse,
En un mot ie soustien & auance hautement,
Que qui ne l'ayme pas, iuit fort brutalement,
Ouy qui n'est pas soubmis aux loix de son empire,
Est un cœur bas percé bien proche du delire,
Valerian vous verrez que ce leger recit,
Est le foible pourtraict de ce diuin esprit,
Que si i'ay estallé l'eloge de mon Ange,
C'est pour vous inspirer de m'aymer sans meslange,
Faites-vous baptiser, que ce soit promptement,
Et d'abord vous verrez cet aymable charmant.

SCENE TROISIEME.

VALERIAN ET CECILE.

VALERIAN.

CEcile vous parlez auec tant de mystere,
Que ie suis tres-vain d'ouyr & de me taire,
Neanmoins dans deux mots, Cecile ie consens,
D'estre au nombre de ceux qu'on appelle innocens,

Et qui n'ont point de loy que celle de l'Eglise,
Cecile si veux bien que quelqu'vn me baptise.
C'est pourquoy faisons le & le plus promptement,
Ie suis tout amoureux de ce beau Sacrement,
Ie voudrois qu'on me dit, ce qu'il faut que ie face,
        I'y suis tout disposé.

CECILE.

            O Dieu! quelle grace.
Courage Valerian, nostre bon Pere Vrbain
Sera l'executeur de vostre beau dessein:
Ce Pape souuerain, ce vieillard venerable,
Vous administrera le Baptesme admirable:
Et par des mouuemens, aussi puissants que doux,
Il vous esclairera de ces doctes discours:
C'est le Pere commun de la Foy Catholique,
Vn martyr glorieux, vn homme apostolique:
S'il souffre c'est pour Dieu, s'il est chargé de chaisnes,
Il cherit ses trauaux, il se plaist dans ses peines:
Il loge son bon-heur, il establit sa gloire,
Dessire dans vn cachot, c'est sa belle victoire:
Son exemple adoucit les rigueurs des Chrestiens,
Il confirme ses Freres, mesme parmy les liens,
Allez donc consulter ce merueilleux Oracle,
Pour-qu'il retranche en vous ce qui fait de l'obstacle:
A l'innocent desir, à la sainte passion,
Qui presse vostre cœur d'auoir deuotion,
A cet Ange sacré à ce tuteur fidelle,
Qui rauira vos sens d'vne beauté nouuelle:
Et vous n'auez iamais veu de si doux attraits,
Ny vn crayon du Ciel, si iuste & si expres,
Enfin qu'à l'aspect de cet Ange,
Vous raourez de douceur, tant la chose est estrange:
Que s'il ne retenoit les brillants de ses yeux.

En les voyant si beaux, vous en faites des Dieux,
Et tout innocemment cet esprit tutelaire,
Vous donneroit subiet de chocquer ce mystere,
Qui nous apprend qu'il n'est qu'un seul, unique Dieu,
Qui sans estre compris, remply tout ce bas lieu.
Son estre maiestueux & sa divine essence,
Est dans l'eternité, infinie & immence.
Que si nous adorons trois personnes distinctes,
Un seul estre peut bien faire trois labirintes
Où nos pauvres esprits vont dans la decadance,
Ne pouuant conceuoir que trois n'ayent qu'une essence.
Neanimoins nostre loy inspire fortement,
D'adorer un seul Dieu en trois également,
Le Fils est engendré de l'esclat de son Pere,
Et le saint Esprit acheue ce mystere.
C'est l'amour substantiel & du Pere & du Fils,
L'escoulement des deux qui ne sont qu'un vnys,
Car si la volonté du Fils est dans le Pere,
Ils n'ont qu'un seul vouloir, & voila le mystere
Qui borne leurs amours dedans ce saint Esprit,
Ce discour Ortodxe est presché comme escript.
Allez au Pape Vrbain, cet admirable Maistre,
Vous instruira bien mieux pour vous faire renaistre,
Et ses doctes sermons disposeront vos sens,
A receuoir l'effet de tous nos Sacrements.
Croyez donc promptement, ie suis la temeraire,
De vouloir discourir de ce qu'il nous faut faire,
Non pas par le rapport, mais par la seule foy,
Qui est le fondement de toute nostre loy.
Il vous instruira mieux.

VALERIAN.

Vous le sçauez bien faire,
Et ie suis si charmé de vos rares discours,

Que ie veux bien mourir, & viure comme vous:
Priez bien Dieu pour moy & coniurez vostre Ange,
D'agreer mon transport, d'assister mon eschange:
Ie m'en vais de ce pas trouuer ce saint Vieillard,
Il vaut mieux qu'il soit-nuitt ou du moins sur le tard:
Ie vais voir ce beau lieu & cette sainte grotte:
Ou ie veux secouer de mon ame la crotte,
Pour receuoir de luy ce diuin Sacrement.

SCENE QVATRIEME.

Valerian et le Pape Vrbain.

VALERIAN.

SAint Pere me voicy collé à vos genoux,
Oyez Valerian d'un œil benin & doux,
Agreés s'il vous plaist l'offre de cette lettre,
Celle qui vous l'escrit vous connoist pour son Maistre:
Car le saint Esprit & son seul mouuement,
Me pousse à ce discour & à ce compliment:
Ie viens aupres de vous chercher la vraye vie,
Que la superstition m'a si long-temps rauie,
Ie viens pour receuoir la lumiere des Cieux,
Qui espurant mon ame doit esclairer mes yeux,
Ie viens confidemment à vous comme à mon Pere,
Qui me doit plus donner que ne fit pas ma Mere:
Puis qu'adioustant la grace à l'estre naturel,
Ie connois ce bien-fait sans auoir son pareil.
Enfin vous lauerez ma plus noire malice,
Et me rendrez plus blanc mille fois qu'un Vlisse:
Par ce bain precieux appellé Sacrement,
Que ie viens demander à vos pieds humblement:
Ie l'espere de vous, ie me l'ose promettre,
Voila mon seul transport.

LETTRE DE SAINTE CECILE

AV PAPE VRBAIN.

Sainct Pere vostre Saincte benediction.

L E bon Dieu me fait incessament plus de grace
que ie ne merite: mon Mariage où mes Parents m'ont obligé contrainctement, & malgré
toutes mes resistances, est plus heureux que ne seroit le Celibat, puis que i'en recueille les fleurs &
les fruicts de ma virginité, dans la conuersion mi-
raculeuse de mon Espoux Valerian; le Ciel a bril
singulierement sur cette conduite, où tout succede
à la gloire de Dieu, à mon aduantage & à l'estendüe
du Christianisme: ie suis Espouse & Vierge libre,
liée, victorieuse & combattante & victime & sacrifica-
trice, Autel & Prestresse. Toutes ces opposées qu'
lirez, seront plus euidamment estalées par ce genereux Caualier, qui aura l'honneur de vous baiser
les doits sacrez, & de faire l'Apologie de no
Nopces, les roses & les lys sont les ornements &
quoy qu'il soit mon Mary legitime, il ne sera pas
moins Vierge & Chrestien, si vous luy dessilliez le
yeux par l'innocence du Baptesme: ie vous supplie
auec tout le respect que ie dois à vostre Saincteté,
de l'imprimer de vos caracteres & d'esclairer ce
esprit detenu dans les tenebres de l'idolatrie, par
les splendeurs de la Religion Catholique, i'ose confidemment sans me flater ô tres-saint Pere attend
cette consolation de vostre zele, & quelque part a
le soüier de vos sacrifices, auec la mesme modest
qui me fait estre dans les chaisnes de IESV-CHRI
comme ie dois, S. Pere, Vostre plus humble Fill
& soubmise seruante CECILE

LE PAPE VRBAIN.

        Ah! la charmante lettre,
Monsieur ie suis rauy de vous voir en ce lieu,
I'en loue l'Eternel & beny cent fois Dieu:
Approchez vous mon Fils, hé! que ie vous embrasse,
Valerian quel bon-heur, Valerian quelle grace,
Ie suis tout admiré de ce diuin transport,
Qui vous fait reuenir des ombres de la mort:
Dieu soit beny de tout, ie l'en loue sans cesse,
Et ne puis m'empescher de pleurer de tendresse:
Iesus que i'ay de ioye, Valerian de vous voir,
Iesus quelle douceur me donnez-vous ce soir,
Tout âgé que ie suis, tout foible & tout debile,
I'ayme bien tendrement vostre Espouse Cecile:
Et sans trahir mon cœur, ie baise mille fois,
Ces chiffres innocents & ces lignes de poix:
Courage Valerian, animez vostre zele,
Allumes vostre foy, agisses en fidele,
Quittez ces embaras, renoncez a l'erreur,
Dites-le faites-le & de bouche & de cœur:

VALERIAN.

O! souuerain Pasteur, o! venerable Pere,
Si ie le dis tout-hault, i'ay desir de le faire:
Et sans plus differer, ie veux estre Chrestien,
Faisons de ce subiet vn plus ample entretien:
Donnez-moy s'il vous plaist quelque belle lumiere.

LE PAPE VRBAIN.

Mon Fils i'en suis rauy, entrons donc en matiere,
Nous adorons vn Dieu, pour n'auons qu'vne foy,
Vn Baptesme pour vous, de mesme que pour moy,
Le Sang de Iesus-Christ, versé sur le Caluaire,
Donne aux sept Sacrements vn pouuoir salutaire:
Et par l'effusion amoureuse du Sang,

L'eau laue les pecheurs & les rend innocents,
Ce diuin Sacrement nettoyera vostre ame,
De-mesme qu'vn grain d'Or epuré par la flamme,
Vous serez aussi net, aussi pur qu'vn Enfant,
Du demon, du peché, vous serez triomphant.
L'amour d'vn Dieu mourant de ce cruel suplice,
En fait vn bain sacré a vn beau sacrifice,
Valerian receuez la grace de cette eau,
Qui-vous doit releuer de ce triste tombeau,
Où l'erreur detenoit vostre ame criminelle,
Cette eau vous donnera vne vie nouuelle,
Et le saint Esprit par son escoulement,
Versera ses rayons sur vostre entendement:
Valerian mon Fils, croyez ie vous baptise,
Comme Dieu me l'ordonne & me prescript l'Eglise,
I'ay cette authorité en imposant les mains,
De vous fortifier Dans tous vos bons desseins,
Viuez en bon Chrestien, soyez toujours fidele,
Constant à aymer Dieu, ferme dans vostre zele,
Cecile vostre Espouse se plaist parmy les lys,
Aymez la pureté, la fleur du Paradis,
Voüez ensemblement sous l'agreable Empire,
De la virginité qui dispose au martyre,
Et bornez vos desirs à viure innocemment,
Dans l'vnion des cœurs, qui fait le Sacrement,
C'est le tendre conseil & l'aduis d'vn bon Pere,
Profitez-en mon Fils & gaignez vostre Frere,
Et porte's son esprit subtil & genereux,
A plier sous la loy qui vous doit faire heureux,
Vostre douceur sçaura vaincre ce fort obstacle,
Alles Valerian, oprés ce miracle,
Iesus-Christ vous benisse, embrasse's moy mon Fils,
Attendant de vous voir vn iour en Paradis,
Responde's de ma part à la braue Cecile,

Qu'il faut faire de Dieu nostre plus saint azile,
Que si ie n'escris par assez precisement,
Vous sçauez mieux que moy faire ce compliment,
Helas! un bon vieillard, n'est pas fort à la mode,
Vn age decrepite est tousiours incommode,
Ie laisse aux beaux esprits & à ces ieunes gens,
De dire par escrit en des mots obligeants,
Mes yeux sont eclipsez, ma main est si peu ferme,
Qu'à peine sçaurois ie faire vne ligne en terme,
Ie l'ayme & la cheris en Dieu sincerement,
C'est tous ce que ie sçay dire sans compliment.
                          Bonsoir Valerian.

VALERIAN.   Adieu bonsoir mon Pere,
Priez Dieu s'il vous plaist que i'ameine mon Frere,
Ie m'en vay de ce pas trauailler puissamment,
Pour faire que Tiburce change de sentiment.

SCENE CINQVIEME.
VALERIAN ET TIBVRCE.
VALERIAN.

AH! Dieu qu'est-ce que ie vois seroit-ce point mon
Tiburce où allez-vous, Tiburce quelle affaire (Frere,
Vous ameine en ce lieu auec tant de ferueur,
He quoy! faut-il tousiours viure dans son erreur,
Et ne pas adorer le Dieu du sanctuaire,
Nostre autheur souuerain, nostre Roy, nostre Pere,
Mon Frere parlez-moy de cœur, mais franchement,
Quel vent vous porte icy & quel beau mouuement,
Vous inspire à courir dans cete solitude,
Où l'on reçoit du Ciel, l'aduance & le prelude,
Par ce bain salutaire & ce lauoir precieux,
Qui nettoye nos ames & nous ouure les yeux,
Tiburce au nom de Dieu contentez vostre Frere,
Quel est vostre dessein?

TIBVRCE

               Valerian mon affaire
Est de ne plus tarder, de me regler sur vous,
Si le bon Pape Vrbain, me souffre à ses genoux.
Ie veux estre Chrestien & n'estre plus solaire,
Humble, sage, deuot, cesser d'estre idolaire:
Ma principale fin, mon unique dessein,
C'est d'estre tost iené dans ce celeste bain,
Où la grace de Dieu, par son eaüe salutaire,
Imprime en nos esprits l'immortel caractere,
Qui transforme en enfans les plus sales pecheurs,
Nous faisant heritiers du fruict de ses douleurs:
Valerian en un mot vostre Espouse Cecile,
A vaincu mon erreur & m'a rendu docile:
C'est pourquoy sans discours ie crois aueuglement,
Tout ce qu'elle m'a dit de ce beau Sacrement,
I'adore un Dieu en trois autheur de ce Baptesme,
Ie n'en sçaurois rougir, ny moins deuenir blesme:
Que si i'ay le bon-heur de receuoir ces eaux,
Ie veux garder sa loy, de ma vie au tombeau:
Ne negligez donc pas, mon charitable Frere,
De demander pour moy cette grace au Saint Pere.

VALERIAN

Ie suis si fort surpris de vostre changement,
Que ie loüe sans cesse l'Autheur du Firmament,
Qui a soumis vos vœux sous son diuin Empire
Au moment que mon cœur à cet effet souspire:
I'admire ses conseils & ses sacrés resorts,
Qui n'ont rien de commun a ces foibles efforts,
Il agit comme il veut & de sa creature,
Il fait un instrument, sans choquer la nature,
Il luy donne l'esclat & l'esleuation,
Toute foible qu'elle est dans l'operation.

Il se sert tres-souuent de sa propre foiblesse,
Pour produire vn effet de grace & de tendresse,
Cecile en ses regards est aux gages de Dieu,
Pvisque par son moyen vous venez en ce lieu,
L'Eternel à ce coup, a voulu qu'vne Femme,
Fust l'instrument sacré du salut de nostre ame,
Et Dieu sans s'attacher au sexe, ny au temps,
A voulu vous changer, mon Frere, en un instant,
Ne soyez pas ingrat à le bien recognoistre,
Ayez-en le desir, & le faites paroistre,
Cependant approchons de nostre saint Vieillard,
Il vous baptisera, allons il se fait tard.

SCENE SIXIEME.

VALERIAN, TIBVRCE ET LE PAPE VRBAIN.

VALERIAN.

Grand Saint tout obligeant & tout aymable Pere,
Voicy vostre autre Fils, puisque voicy mon Frere,
Qui veut tres-humblement embrasser vos genoux,
Et croyre auec moy-mesme ce que nous voyons tous,
Cecile a triomphé de ce ieune Stoïque,
Par les diues sacrez de sa douce musique,
Elle les a touchés si agreablement,
Que Tiburce charmé de ses doux mouuemens,
A resolu d'abord d'imiter son cher Frere,
Et de venir vers vous, ô nostre commun Pere,
Afin de recouurer la lumiere des Cieux,
Qui purant son ame, esclaira ses yeux,
Il est icy à vos pieds, sa deuote posture,
Vous prie d'adjouster la grace à la nature,

Secondons son defir & son empreffement,
Par l'effect merveilleux de ce beau Sacrement.
Tyburce tout pleurant Sainct Pere vous en prie.

Le Pape Vrbain.

Approchez mes Enfans que tout haut ie me fcrie:
O Cieux quelle ferueur, ô qu'elle denotion,
Qu'elle douceur pour moy, qu'elle iubilation?
Cette ioye, mon Fils, est fi fort importante,
Que ie ne veux rien plus, mon iß, fi le Ciel s'en contente.
Tyburce leuez vous, embraffez-moy mon Fils,
Dites-moy croyez-vous Dieu homme en Iefus-Chrift,
Et voulez-vous l'Onction Diuine du Baptefme,
De nos fept Sacremens la plus parfaite, extrefme.

TYBVRCE.

Sainct Pere ie le veux, mais du profond du cœur,
Quoy que ie fois indigne d'obtenir cét honneur,
Sainct Pere ie vous prie, du profond de mon ame,
De refpandre fur moy cette celefte flamme,
Qui me fafche dans les eaux fes plus aymables feux,
Et qui produit chez vous des effets merveilleux:
Sainct Pere accordez-moy cette diuine grace,
Dites cét Œu, de vofire eau, que deu foudre ma glace,
Et admmiftrez-moy ce noble Sacrement,
Qui fera mon bonheur & mon contentement.

LE PAPE VRBAIN.

Tyburce fans mentir vous eftes admirable,
Valerian il eft vray, Tyburce eft tres-aymable,
Ah! mes tendres enfans ay ie les larmes aux yeux
De vous voir fi feruens & fi denotieux:
Valerian louez Dieu, admirez vofire Frere,
Auffi zelé que vous à le prendre pour Pere,
Vniffons nos ardeurs à ce prompt changement,
Beniffons-en l'ouurier, louons fon inftrument.

Cecile genereuse, Cecile triomphante,
C'est une effusion de vostre Joy constante,
Tyburce mon amy, voicy le Sacrement,
Que vous me demandiez si affectueusement,
Tyburce mon Enfant, croyez se vous baptize,
Au nom de trois supports, qui ne font qu'une Eglise,
Qu'vn corps spirituel, qu'vn ordre mysterieux,
Temporel dans ce monde, eternel dans les Cieux,
Ce grand Dieu, trin & vn, par sa toute-puissance,
Anime vos ferueurs, vous donne la constance,
Allez témoin Cecile & viuez vous en paix,
Jesus-Christ soit en vous & sa grace à iamais,
Saluez de ma part la deuote Cecile,
Tant que vous la croirez, vous croirez l'Euangile.

SCENE SEPTIEME.

VALERIAN, CECILE ET TIBVRCE.

VALERIAN.

CEcile mon Espouse, me voicy dés ce iour,
Espris d'vn mesme feu, touché d'vn mesme amour,
Tyburce est maintenant mon veritable Frere,
Nous n'auons qu'vne loy, & nous n'auons qu'vn Pere,
Par la grace de Dieu nous sommes tous Chrestiens,
Enfans de Iesus-Christ, heritiers de ses biens,
Il ne nous reste plus que de voir ce bel Ange,
Puisque i'ay resolu d'estre à vous sans mélange,
Ne nous refusez pas cette rare douceur,
Tyburce la pretend, i'espere cet honneur.

CECILE.

Ah! l'aymable discours, ah! la douce nouuelle,
Ah! le Sainct mouuement, ah! l'esperance belle,
Ah! le coup surprenant, ah! le diuin transport,
Quel destin gracieux, quel fauorable sort,

Ie ne suis plus à moy, la ioye m'a rauie,
Ie n'ay plus de raison & ie n'ay plus de vie,
De voir deux beaux Soleils briller autour de moy,
Qu'à voir qu'vn mesme esclat & qu'vne mesme foy
Recheuteray Seigneur, dans l'excez de mon ame,
Et vous exalteray, comme peut vne femme,
Ie feray esclater fort-hault vos interests,
Dans les riches Palais & les sombres forests,
Les villes & les bois entendront l'Euangile,
Que veut prôner par tout le zele de Cecile,
Valerian mon Espoux, que i'ayme vniquement,
Vous verrez cet esprit en quelque peu de temps,
Tiburce Chrestien, Tiburce mon beau Frere,
Ie vous veux regrer, ie vous veux satisfaire,
Et puisque vostre cœur a esté genereux,
Ie m'en vais trauailler à l'effet de vos vœux,
Suiet tout conuaincu que vous verrez mon Ange,
Et si cela n'est pas, i'en payeray l'eschange,
Pardonnez à l'excez de mon emportement,
Si ie ne vous fais pas vn autre compliment.

TIBVRCE.

Ma Sœur ie ne pretens de vous que cette grace,
Nous serons satisfaits d'admirer cette face,
Plus brillante, en effet, que l'esclar du Soleil,
Puisque c'est le rayon d'vn visage immortel,
Il est la plus natue & plus fidelle image,
De ce Dieu souuerain qu'on adore en cet âge,
Donnés cette faueur à vostre cher Espoux,
Ma Sœur ie vous en prie humblement à genoux,
Il est trop vostre amy, il est trop de bonnaire,
Pour vous nie refuser, vous luy estes trop chere,
Et i'ose presumer tres-infailliblement,
Qu'il vous l'accordera, demandés hardiment,

Cecile obligez-moy, demandés cette grace,
Nous mourons de langueur d'enuisager sa face:
Ma Sœur acquiescez à ce iuste desir?

CECILE

Tiburce ie le veux, si c'est vostre plaisir:
Vous m'estes tous deux chers, mon Ange est trop aymable,
Pour manquer en ce chef & me rendre coulpable:
De ce pas ie m'en vay, Valerian mon Espoux,
O! Tiburce mon Frere, l'en prier à genoux:
Que s'il me fait l'honneur d'exaucer ma priere,
Vous verrés un eslat plus beau que la lumiere:
Son visage brillant, a des attraits si doux,
Qu'il fait des amoureux, sans faire des ialoux.
Son genie subtil, est si fort Solitaire,
Qu'il n'y qu'un seul obiet, dans ce bas hemisphere:
Car il se plaist si fort à n'estre pas commun,
Qu'il abhorre le sexe pour estre tout à un.
Ie m'en vays luy parler dans cette solitude,
Attendez mon retour, viuez en quietude,
Allumés vostre foy, redoublés vos ferueurs,
Cependant que ie vay mandier ses faueurs:
Valerian mon Espoux, Tiburce mon cher Frere,
Mon plus ardent desir, est de vous satisfaire.
Ne vous tourmentés pas, attendés doucement,
Ie m'en vais le prier auec empressement.

SCENE HVICTIEME.

CECILE ET L'ANGE.

CECILE

Esprit tout desgagé, agreable substance,
Qui portez les beaux traicts de la diuine essence

Image plus expres de sa perfection,
Pedagogue sacré de ta devotion,
Esprit tres-obligent, medecin salutaire,
Astre-toujiours brillant, genie tutelaire,
Esprit sans meslange, qui n'avés point de corps,
Des esprits de Dieu le plus riche depos,
Regardés s'il vous plaist a l'humaine misere,
Et laissés vous toucher a cette voix sincere,
Qui pousse maintenant avec humilité,
Le juste emportement de ma temerité :
Je vous prie humblement, o mon Ange fidelle,
D'exposer à tous deux vostre face si belle,
Ces nouveaux convertis redoubleront leur foy,
Et seront plus zelé d'observer vostre loy,
Mon Ange, mon sœur faites leur cette grace,
De pouvoir contempler vostre admirable face :
Ne me refusés pas cette grace a genoux,
Puisque l'on est mon Frere & l'autre mon Espoux,
Valerian a plié sous vostre doux Empire,
Il vit vierge avec moy attendant le martyre
Je vous en presseray si opiniastrement,
Que vous serés forcé.

L'ANGE.

        Cecile franchement
Vous le voulés ainsi & je cherche a vous plaire,
Quand Dieu l'agréera dans cette basse Sphere,
Cecile, Valerian vostre fidel Espoux,
Nettement me verra sans se mettre a genoux,
Tyburce aura desir de contempler ma face,
De vous remercier & de vous rendre grace
Qu'on prepare les tours, qu'on prepare les yeux,
Puisque je veux revenir de mes brillans ces lieux,
Cecile sur le soir se des yeux satisfaire,

Mesnagez s'il vous plaist doucement cette affaire,
Allons nous faire voir a ces Chrestiens honteux,
Soulageons leur langueur & guerissons leurs maux,
Preschons leur hautement de faire penitence,
Voila les riches fruicts de nostre conference:
Priés les fortement de n'en parler iamais,
Et ie m'en vay vers eux dores & desormais;
Regardés mes amis, gardé-vous de rien dire,
Admirés mes beautés sans oser contredire:
Ie n'ay rien d' commun, ie suis hors de combat,
I'ayme la saincteté unie au celibat,
I'ayme la pureté d'une rare maniere,
Ie dissipe les ombres, & produis la lumiere:
Resuës sur mon esclat tous deux profondément,
Il faut croyre pour voir mais bien solidement,
Voyez encore un coup les douceurs de ma face,
Le lys n'a rien de beau, le Soleil perd sa grace,
Adorons sainctement Dieu nostre Createur,
Nous n'auons rien de grand auprés de sa grandeur,
Ne vous surprenez pas du bril de mon visage,
Il est l'original, ie n'en suis que l'image;
Demeurés tous en paix, & en parfait repos,
Le discours à present, n'est pas fort a propos:
Que vostre cœur Chrestien sans relasche souspire,
A cueillir les lauriers d'un illustre martyre:
Quand le Ciel le voudra, agissez constamment,
Mesprisez les plaisirs & brauez le tourment:
Moequez vous du Tyran, emportez la victoire,
Et rendés des combats d'eternelle memoire,
Meditez en secret tous ces mots precieux,
Si vous me voulés voir un iour la haut aux Cieux.

Fin du quatriéme Acte.

Acte V.

SCENE PREMIERE.

CECILE, VALERIAN ET TYBVRCE

CECILE.

Valerian mon Espoux, Tyburce mon beau Frere,
Il vous faut essuyer la rage & la colere,
Des tyrans, des bourreaux & de ces sectateurs,
Ennemis de la Croix & nos persecuteurs,
Le Sang de Iesus-Christ adoucit le martyre,
Le martyre sanglant augmente son Empire:
Cette douce effusion fait leurs plus chers esbats,
La ioye de leurs cœurs, l'honneur de leurs combats,
I'ay appris des lessons d'vn subtil personnage,
Que le sang des martyrs fait le chrestien lignage,
Que nostre Religion se repeut par les feux,
Et par les dures loix des cruels Empereurs,
Leurs desseins iniurieux a tous bien-tost destruire,
Mais Dieu ne le veut pas, il ne nous sçauroient nuire,
Et l'attirail cruel de leurs rudes tourmens,
Ne fait pas nos ennuis, mais nos contentemens:
Il n'est rien de si doux qu'vne amoureuse flame,
Qui brusle au cœur Chrestien & anime son ame:
C'est l'amour en effet qui charme la douceur,
Ce qui fait nostre ioye mesme de la rigueur:
Son intrigue sans fard a cette intelligence,
De tuer des douleurs la plus forte patience,
Cet habile Chrestien se metamorphosant,
Fait de la mort des saints vn sommeil de bon-heur.

Cet ouurier innocent, ce rasineur aymable,
Tire mesme du fert l'Or le plus agreable,
L'industrie secrette de ses subtilles mains,
Forme mille brillants de la teste des Saints,
Du plus sombre cachot il tire la lumiere,
Les perles, les rubis, d'vne ville matiere,
Enfin l'amour diuin trouue l'inuention,
De ioindre le repos à sa persecution,
Et iamais un esprit ne paroist plus solide,
Qu'à moment qu'un tyran nous amorce en perfide,
Et le cœur doit marquer sa generosité,
Pour faire triompher par tout la verité,
Surmonter le tyran, triompher de sa rage,
Est le plus riche exploit d'vn Chrestien de cet âge.
Tyburce, Valerian, il est temps de souffrir,
Il faut resolûment souffrir, vaincre & mourir,
Mourir pour Iesus-Christ, est la belle victoire,
Qui fait viure les Saints d'vne vie de gloire.
Aspirons sans relasche, à ce sort glorieux,
Et donnons nostre sang, pour achepter les Cieux.
La fleur du Paradis, les roses de la gloire,
Naissent dans le combat & font nostre victoire.
Iesus-Christ souuerain arbitre de ce sort,
A cüeilly ces fleurons dans le sein de la mort,
Afin de releuer au moment qu'il expire,
Par la blancheur du lys, la pourpre du martyre.

VALERIAN.

Cecile vos discours sont autant d'allumettes,
Qui embrasent mes feux & mes ardeurs secrettes,
Ie ne puis plus long temps dissimuler ma flame,
Ny les emportements qui agitent mon ame,
Ie ne veux plus broncher aux transports de l'amour,
La nuict a trop regné sur les astres du iour,

Il faut que ma ferueur, & que mon iufte zele,
Esclatent puissamment d'vne façon nouuelle,
Et que ie fois Chrestien au dedans & dehors,
Sans plus gehenner mon esprit par ses rares efforts,
Pratiquons la vertu, la priere, & l'Eglise,
Ie suis à Iesus-Christ, & l'homme belle diuise,
Et si vous aymez la pure verité,
François vsant moins de vœu que de pitié,
Qu'on ne mit point plus de ... politique,
Que pour mieux establir veut ioindre le Saigues,
La caresse friuole, la pomme & le baiser,
Aduien les ... & les ...,
Qu'on m'en parle donc plus de cet air melancolique,
... froid ... politique,
Ie veux dire tout haut, sans honte, & ... dire,
Que ie fois arraché à l'obiet de mon cœur,
Et sans plus déguiser mon amour raisonnable,
I'ayme, esperduement, mon seul vnique amiable,
Qu'on ne que ... ce beau des tyrans,
Ie defie l'amour d'acquerir deux amans,
Tyburce mon amy, ... mon frere,
Me conceuez vous bien, sçauez vous ce mystere,
Il faut pour Iesus-Christ incessamment souffrir,
Cecile franchement ie veux vaincre & mourir.

TIBVRCE

Des voiles sont obscures, la vertu toute nue,
Est plus belle en effet, puisqu'elle est mieux connue,
Ces ombres de la feinte, ces ... bandeaux,
Font tort à la candeur & ... les ...,
Tout ce sombre appareil, ce lugubre ...,
N'est iamais sans dessein, & ... peut estre sans vice,
Le masque n'est pas beau à qui va franchement,
Et il ne faut iamais déguiser en aymant.

Mais produire ses feux sans faire le comique,
Estaller ses ardeurs sans tant de politique.
Le Ciel se plaist beaucoup dans la sincerité,
On n'ayme plus le fard, mais bien la verité.
Moyse a donc prescript, & la Loy tres-ancienne,
Cede sa sombre nuit au iour de la Chrestienne.
Helie ayant prescript son mystique manteau,
N'est pas bien de Saison dans un monde nouveau.
On les saintes chaleurs d'un amour seraphique,
Brûlent un franc Chrestien, non pas le politique.
Mon Frere Valerian d'accord ie le veux bien.
Qu'on le crie tout haut que Tyburce est Chrestien,
Et que toutes les voix preschent dans l'asseurance,
Que mon sang scellera l'arrest de ma constance.
Ie suis prest aux tourments, ie m'expose à souffrir,
Estant à Iesus Christ, ie veux vivre & mourir.
Mourir pour cet amant, qui d'vn cruel martyre
M'a procuré du Ciel, la Couronne & l'Empire.
Vaincre pour son amour, la fureur du tyran,
Qui m'a donné la vie mesmes en expirant.
De ce divin mourant ie tiens ma belle vie,
Que si ie ne l'ay plus, l'amour me la ravie.
Ce petit-enleveur, ce voleur innocent,
M'a desrobé le cœur tant son air est puissant.
Il sçait adroictement sans aucune malice,
Façonner l'amiral d'en amoureux suplice,
Ce Cupidon sacré assiene bien ses corps,
S'il en touche cinq-cens, il les sçait blesser, tous.
Ses flesches toutes d'Or sont sans supercherie,
Vn amour Religieux agit sans ioüberie,
Les Chrestiens en effet aussi bien que de Nom,
Ayment apparemment quant ils ayment de bon,
Allons, preschez par tout la gloire du Calvaire,

Et finissons nos iours par ce diuin mystere,
Valerian ie vous prie.

VALERIAN.

Tyburce ce transport,

Emporte mon esprit & me charme d'abord,
Ie consens à vos ioux & si mon cœur soupire,
L'amour en soupirant exprime son martyre,
Et ne pouuant cacher sa belle passion,
Il trahit le secret de sa deuotion.
Qui nous doit animer a suiure le courage,
De mille Saints martyrs qui sont morts dans cet aage,
O Cieux! he quel destin, ô Cieux! he quel bon-heur
De mourir pour la foy, de mourir au Seigneur,
Dieu exaucez nos vœux & faites que sans crime,
Nous puissions expirer, comme mon cœur l'exprime,
Courons sans plus tarder publier hautement,
Ie languis, ie me meurs apres ce doux moment
Que doit rendre mon sort tres-inapretiable,
Mourant pour Iesus-Christ mon seul obiet aymable,
Tyburce venez tost, sus mon Frere sortons?

TYBVRGE.

D'accord ie suis prest, ie le veux bien allons,
Mon Frere ne languis, Valerian ie soupire,
Aprés le grand bon-heur du seuere martyre.

SCENE SECONDE.
ALMAQVE ET MAXIME.
ALMAQVE

Maxime i'ay receu ordre de l'Empereur,
De ne pas espargner le fer & la rigueur
Pour venger l'interest notable de l'Empire,
Que ce nom de Chrestien, impudemment deschire
Quoy pouuions nous souffrir qu'on insulte nos Dieux

Et que quelques mortels leurs vomissent aux yeux,
Où est la Religion ? où auons nous le Zele,
Qui doit armer nos mains pour prendre leur querelle ?
Quoy endurerons nous, qu'vn Mars, qu'vn Apollon,
Soient traittez d'inhumains de sales & de felons.
Que les beaux simulacres dressez à leur memoire,
Soient chargez d'infamie & priuez de leur gloire.
Ie ne puis plus souffrir qu'on foule leurs Autels,
Qu'on brise impunément ces Images immortelles.
Dieux sacrez protecteurs de nostre doux Empire,
Mon cœur pour vous venger incessamment soupire.
Arbitres innocents de nos plus sainctes loix,
Interpretes viuants, organes de nos voix,
Saincts obiets de mes vœux, artisans de la paix,
Qui esleuent mes sens & consomment mon ame.
Regardez leurs mespris, admirez leurs desseins,
Et que vostre Iustice prenne le fer és mains
Pour punir l'insolent & vanger la querelle,
De vostre honneur flestry par leur secte nouuelle.
Parlez-vous s'il vous plaist & dites franchement,
Faut-il le reparer par le fer & le sang,
Ces horribles attentats attirent ma colere,
Et mon bras caressant est deuenu seuere.
Les moqueurs du temps, ces plaisants raisonneurs,
Attirent iustement vos extremes rigueurs,
Ie suis trop vray ialoux de vostre saincte gloire,
Pour ne pas eclipser leurs noms & leurs memoire.
I'ay le Zele dans l'ame, i'ay le pouuoir en main,
De les faire mourir & c'est tout mon dessein.
De releuer l'esclat de vostre riche Empire,
Voila le vray honneur auquel mon cœur aspire.
Ie immole à cet effet, grands fabriqueurs des Cieux,
Ma vie, mon repos, & mes biens precieux.

Secondez mon desir, & bennissez mon zele,
Accordez tous les vœux d'un seruiteur fidele,
Qu'on s'en aille de ce pas chercher exactement,
Ces impies Chrestiens, cachez honteusement.
Maxime genereux & vaillant Capitaine,
Animez vostre ardeur & redoublez vostre haine.
Seruez-vous à ce coup de l'adresse du temps,
Pour trouuer ces sorciers & découurir ces gens,
Qui sans aucun respect prophanent la memoire,
De nos Dieux immortels de mesme que leur gloire,
C'a vray homme d'honneur, ô Religieux Maxime,
Armons nous pour les Dieux & punissons le crime,
I'ay appris de certain, en roulant par la ville,
Que ces Nygromantiens s'assemblent chez Cecile,
Et que ces Sacrileges & impies Chrestiens,
Ont des tresors cachez & sont puissans en biens,
Allez vous informer, s'il est vray que Cecile,
Ay trahis son estoc pour cette secte vile,
Mais auant que parler de ce sot changement,
Amenez son Mary, s'il vous plaist doucement,
Et faites que Tyburce qu'on dit estre son Frere,
S'en vienne auec luy, voyla ce qu'il faut faire,
Allez braue Maxime, allez en pieux,
Et rendez cet office à l'honneur de nos Dieux.

                    MAXIME

Turce ie suis rauy de leur rendre seruice,
Et si dans cet employ leur secours m'est propice,
Ie feray esclatter le culte de mon cœur,
Par l'empressé desir de uanger leur honneur,
Et iamais mon respect n'eut plus de complaisance,
D'immoler mon ardeur & mon obeïssance,
Dés ce pas ie m'en vay obeyr à vos loix,
Iugez de mon transport par l'esclat de ma voix

Almaque cependant n'espargnés pas ma peine,
Ie suis aux Dieux, a vous, c'est chose tres certaine,
Et si les vieux Romains ne font pas compliment,
Ils sçauent mieux agir que parler galamment,
Que si ie ne suis pas delicat au langage,
Du moins ay ie grand cœur, quoy que fort chargé d'âge,
Ie m'en vay trauailler à cette expedition,
Sçachez qu'vn bon veillard a de l'ambition,
Et que deuant mourir il doit pour sa memoire,
Laisser a ses enfans vne immortelle gloire,
Monsieur ainsi a faueur vostre commandement,
Et rends graces aux Dieux de ce sainct mouuement.

SCENE TROISIEME.

MAXIME, VALERIAN, TYBVRCE.

MAXIME.

MEssieurs que faites vous dans ce morne entretien,
Qui suspent vos esprits comme d'vn rare bien,
Rompés cette rigueur, c'est trop garder silence,
Ou sont vos passe-temps, vos ieux & vostre dance,
Quoy, aués vous iuré de viure sans plaisir,
Ou est vostre ambition, ou va vostre desir,
Quelle seuere humeur & quelle triste histoire,
Efface vostre gay par vne idée noire,
Enfin parlez Messieurs, quel triste euenement,
Amortist vostre feu & vous glace le sang,
Tout Rome dans l'esclat reuestu d'alegresse,
Cependant ie vous vois assommez de tristesse,
Allons nous resiouyr, bannissons cet humeur,
Que peint vous les obiets d'vne sombre couleur,
Parlons de festiner, de iouer, & de boire,

Immolons à nos Dieux, faulsons en leur memoires,
Ces esprits immortels ayment beaucoup les corps,
Qui parmis les banquets goutent le vray repos,
Ces genies divins aggreent la cadance,
Des balets, des violons, des ieux, & de la dance,
Tyburce Valerian, suiuez leurs sentiments,
Et offrons à ces Dieux, nos cœurs, & nos encens,
Croyez un bon vieillard qui n'a rien de volage,
Et pliez sous la loy de ce libre esclauage,
Cedez aux saints decrets d'vn aymable Empereur,
Et n'irritez iamais vne grande douceur,
Nous deuons tous agir sur l'air d'vn si bon Pere,
Crainte de l'eprouuer comme vn Iuge seuere,
C'est mon aduis Messieurs, c'est là mon sentiment.

TIBVRCE ET VALERIAN.

Vous nous traittez Monsieur tous deux obligemment
Vostre sincerité seront tres-genereuse,
Si vostre passion estoit moins outrageuse,
Maxime sans flatter, le Dieu du Firmandent,
A touché nostre cœur par vn saint mouuement,
Nous sommes tous Chrestiens, il ne vous faut pas feindre,
Qu'on ne l'ignore plus, vous n'auons rien a craindre,
Les tourmens & la mort, la rage & la fureur,
Ne peuuent alterer la force de nos cœurs,
Nous esperons des Cieux de secours & la grace,
Qui produisent des feux en fondant nostre glace,
Le Dieu seul tout-puissant, vnique souuerain,
Nous tendra son saint bras & sa diuine main,
Et pour faire esclatter sa suspreme puissance,
Il nous animera d'vn zele de constance,
Enfin Dieu est si bon, si grand & si ialoux,
Qu'à luy tant-seulement nous baissons les genoux,
Ne vous amusez pas, vostre esperance est vaine,

Vous n'aduancerez rien, par amour, ny par hayne;
L'Empereur ne peut pas, & bien moins son Prefect,
Nous arracher la foy, l'amour & le respect:
Que le Ciel a planté dans le sein de nos ames,
Nous aymons mieux mourir que de vuvre en infames:
Et nous sommes tous prest dés ce pretieux moment,
De courir a la mort fort agreablement:
Almacque vous fait tort de vous prier Maxime,
De vous solliciter a vn si sale crime:
Almacque ne sçait pas ce que c'est de grandeur,
Puisqu'il nous presse tant a vendre nostre honneur:
Iamais vn bon Chrestien ne doit pour luy complaire,
Estre ennemis de Dieu, ny luy faire la guerre,
Maxime croyez-nous, laissés l'aueuglement,
Bannissés vostre erreur & vinés sainctement:
Ne vous prophanez plus d'vn si funeste crime,
Adorez vn seul Dieu & soyez sa victime:
L'idole est vn abus & la superstition,
Combat la saincteté de la Religion:
Vostre esclat apparent, n'est rien qu'vn feu volage,
Qui se perd au moment qu'on en voute l'vsage:
Le Ciel ne repand pas là ces fausses splendeurs,
Qui brillent pour former ces trompeuses grandeurs:
Reuenez, reuenez de cette lethargie,
Suiués la loy de Dieu & non pas la magie:
Laissés ces faussetés, renoncés à l'erreur,
Qui d'vn feu mal-heureux embrase vostre cœur:
Que Dieu est vn grand Roy, ah! qu'c'est vn bon Pere,
Il est tout plein d'amour, il n'a rien de seuere:
Son ioug n'est pas pesant, vous le trouuerez doux,
Si brisant vos idoles, vous calmez son couroux:
Par le retour parfait de vostre penitence,
Vous obtiendrez de luy pardon & Indulgence.

L

Tous vos noirs sacrileges, & vos sales pechez,
Vous seront pardonnez si vous vous en faschez,
Par vn sainct desplaisir d'auoir commis le crime,
Voila ce qui deffaut a vostre âge Maxime.

MAXIME

Laissons tous ces discours, il n'est pas fort le temps,
De postiller ces mots, & ce raisonnement,
Et puisque ma douceur ne fait que vous desplaire,
Ie ne vous veux parler qu'en termes de cholere,
Ie gronde ie menasse vostre opiniastreté,
Ma tendresse en effect vous a trop bien traitté,
Nous sçaurons bien guerir vostre fiere arrogance,
Et reprimer aussi cette sotte eloquence.
Almaque vous veut voir, venez & suiuez moy,
Allons luy rendre compte de vostre folle Loy,
Et si vous n'auez pas deferé a mon aage,
La crainte des tourments vous pourra faire sage,
Ça sortons promptement & ne disputons plus,
Et tantost nous verrons l'air du plus courageux
Almaque Valerian, par vne saincte bile,
Changera vostre humeur, & vous rendra docile,
Il nous attend chez luy, allons donc promptement,
Ça ne differons plus, qu'on me iuge au moment,
C'est trop estre ciuil, c'est trop de complaisance,
Ie n'en ay plus pour vous, marchez en diligence,
Et si vous disputez d'obeyr plus long-temps,
Ie vous seray tuer en desobeyssans,
Ni armez par ma fureur, ny moins ce Cymeterre,
Il a fait autre-fois bien du bruit à la guerre,
Marchez donc mes amis d'vn raisonnable pas,
Les Hommes comme vous s'en vont droict au trespas.

VALERIAN ET TIBVRCE.

Allons fort gayement, & aueuglé Maxime,

Crois-tu nous faire peur par ce mot de victime,
Nous ne craignons que Dieu, nous brauons les tourmens,
La Mort & sa rigueur est l'object de nos sens :
Ca, redoublons le pas, puis que le Ciel nous tire,
Courons mes chers amis, nous allons au Martyre :
A Dieu chaste Cecile, & ny les larmes aux yeux,
De la ioye que i'ay de m'en aller aux Cieux :
Ie vous vas preparer la Couronne de gloire,
Cecile priez Dieu que i'aye la victoire :
Ne nous regrettez pas nous sommes tres-heureux,
De marquer par le sang la couleur de nos feux.
Ah! l'aymable dessein, ah! la gloire immortelle,
De souffrir en Chrestien, de mourir en fidelle :
Dieu fortifiez nous de vostre saint amour,
Affin que vostre cœur vous donne le retour :
Vous nous auez aymé, mourant sur le Caluaire,
Faites qu'en expirant i'acheue le mystere,
Et que vostre beau sang anime ma ferueur,
Qu'il me face martyr, qu'il me face vainqueur :
C'est mon expression & ma foible priere,
Seigneur mon conducteur, soyez donc ma lumiere,
Que ie ferme ma voix, que ie ferme mes yeux,
Pour ne les plus ouurir qu'à la gloire des Cieux.

SCENE TROISIEME.

ALMACQVE, VALERIAN, MAXIME.

ALMACQVE.

HE bien Valerian! quelle est cette nouuelle!
Si c'est comme l'on dit, vous estes infidelle,
De transgresser les loix d'vn si iuste Empereur,

E ij

N'est-ce pas l'outrager & blesser son honneur:
On m'a dit que vous deux, d'une tres-fiere audace,
Prefchez publiquement au milieu de la place,
Que le Galileen eft ce Dieu immortel,
Qu'on doit inceffamment adorer fur l'Autel:
Que nos Dieux font trompeurs, que leur grandeur eft vaine,
Qu'ils meritent l'horreur, l'auerfion & la haine:
Et que leurs fimulacres font idoles menteurs,
Des prophanes objets, des demons enchanteurs:
Enfin vous defcriés hautement leur puiffance,
Iuges fi ce n'eft pas vne grande infolence:
Par le grand Iupiter, & par le iufte Mars,
Ie vous feray trembler au bril de mes regards:
Et fi vous ne changez de ton & de methode,
Ie vous feray traicter d'vne cruelle mode,
Puifque i'inuenteray mille & mille tourments,
Afin de reparer l'outrage de vos fens:
Vous eftes trop petits pour regler noftre Empire,
I'en fremis dans le cœur, quand ma bouche foûpire,
He quoy! faut-il ceder à voftre fauffe loy
Et tenir la raifon fous le ioug de la foy:
Sans que nos Souuerains reçoiuent de l'hommage,
Ny moins aucun refpect des Chreftiens de ouefage:
Penfez à vous fauuir & à ouurir les yeux,
Offrez leur de l'encens & vous ferez bien mieux:
Quittez ce fot mefpris, laiffez cette impofture,
Autrement ie le dis, le protefte, & le iure:
Que ie vous traicteray fi exorbitamment,
Que vous expirerez dans vn cruel tourment:
Ne m'obligez donc pas de me mettre en colere,
Si i'y fuis vne fois, vous n'y gagnerez guere:
En vn mot mes amis, choififfez l'vn des deux,
Ou de mourir bien-toft, ou d'adorer nos dieux.

VALERIAN.

Almacque ce discour, m'anime d'un saint Zele,
De viure & de mourir en Iesus-Christ fidele :
Et pour ne plus languir apres ce doux moment,
Faites, faites mourir, faites le promptement :
Trois Chrestiens genereux, & tous trois d'vn mesme âge,
Sont prests de s'exposer au coups de vostre rage :
Sçachés que les tourmens, les roües, ny les croix,
N'altereront iamais nostre immuable choix :
Nous deffions la mort, & sans changer de face,
Nous attendons ce iour, comme vne chere grace :
Enfin c'est assez dit, faites n'en parlons plus,
Car nous faisant mourir, vous nous rendez heureux.

SCENE QVATRIEME.

VALERIAN, TYBVRCE ET MAXIME.

VALERIAN.

MAxime sans mourir nous yrons au martyre,
Plus agreablement qu'au Throne de l'Empire :
Et nos cœurs sont epris d'vn si saint mouuement,
Que nous voulons mourir & viure constamment :
Sans que ny l'Empereur, ny son Prefect Almacque,
Puisse alterer ce fort par la cruelle attacque :
D'vn tyran transporté du culte des faux Dieux,
Qui sont ou des demons, ou des hommes vitieux :
Maxime croyez nous, laissés ce vain chimere,
Et adores vn Dieu qui est vostre bon Pere :
Vous estes son Enfant, courez entre ses bras,
Sus ne differez plus, accelerés le pas,
C'est vn Dieu plein d'amour, c'est vn Dieu debonnaire,
Qui connoist nostre fond, & sçait nostre misere,

Il est le Souverain de la Terre & des Cieux,
C'est pourquoy revenés & ouvrés tost les yeux,
Suives l'impression d'vne divine grace,
Et reduisés en pleurs de vostre ame la glace:
C'est l'art ingenieux d'vn celebre pescheur,
Qui sçait aller à Dieu par la voye du cœur:
Servés vous de cet art, pratiqués cette regle,
Courés y comme vn Cerf, volés y comme vn Aigle,
C'est l'vnique moyen de posseder les Cieux,
Maxime croyés nous abandonnés vos Dieux:
C'est vne rapsodie, vne folle peinture,
Qu'vn idole menteur, vn Dieu plein d'imposture,
Enfin c'est vn abus & vn aueuglement,
D'adorer vn demon si religieusement.
Tournés vostre regard & changés vostre face,
Adorés Iesus-Christ & receués sa grace:
Allons braue Maxime & ne differons plus,
Donnons à ce Soleil & nos vies & nos feux,
Mourons ensemblement pour augmenter sa gloire.

MAXIME.

Messieurs ie le veux bien, partageons la victoire,
Ie suis si fort touché de vos rares discours,
Que ie veux receuoir le Baptesme en ce iour,
Et ne plus differer de courir au martyre,
Mes yeux distilés vous puisque mon cœur soupire,
Ma bouche pressés vous de loüer l'Eternel,
Qui veut bien pardonner à l'homme criminel:
Criminel en effet de cette haute impudence,
Qui prefere l'idole à sa diuine essence:
Par vn culte prophane & superstitieux,
Qui supprime le Vray, adorant les faux Dieux:
Sus c'est trop disputer, mon Dieu ie vous adore,
Et si ma saleté m'a noirci plus qu'vn More,

Lauez moy s'il vous plaist de ses benites eaux,
Qui blanchissent les ames & guerissent leurs maux:
Et effacez Seigneur l'ordure de mon crime,
Par ce sang respandu pour l'aueugle Maxime:
Qui proteste a present à la terre & aux Cieux,
De viure & de mourir Chrestien deuotieux:
De consacrés ses iours à vostre seule gloire,
D'imprimer vostre loy au fond de sa memoire:
Affin de mediter continuellement,
La grace de ce iour & de ce saint moment.

SCENE CINQVIEME.
ALMACQVE, MAXIME, VALERIAN,
TYBVRCE.
ALMACQVE.

C'Est trop, c'est trop flatter vostre humeur insolent,
Maxime de ce pas ie veux qu'on les tourmente:
Et que sans plus tarder on dresse des poteaux,
Qu'on me face venir des plus cruels bourreaux:
Qu'on inuente des roües, qu'on mette à la torture,
Ces nigromentiens, que ce soit tout à l'heure:
Ie veux vanger le tort qu'ils ont fait à nos Dieux,
Et punir ces Chrestiens lasches & malicieux:
Qu'on les charge de fers, qu'on les mette à la gehenne,
Qu'on deschire leurs corps, & enfin qu'on les meine,
Vers ce lieu destiné aux attrofes tourmens,
Qui doiuent esprouuer leurs vains enchantemens:
Et marquer de nos Dieux le Throne de la gloire,
Sur les desbris sanglans d'vne honteuse memoire:
Qu'on lie ces fripons, qu'on les expedie tost,
Maxime executez mes ordres au plutost:
Car il faut que le feu & le fer les victimes.

A la cruelle mort que merite leur crime.
Enfin qu'on se despesche, qu'on les fasse mourir,
Ils sont trop criminels pour pouvoir trop souffrir,
Allés brave-Maxime acheuer cet ouurage,
Et rendés à vos Dieux l'honneur par ce carnage.

MAXIME.

Almacque ces vaillans, braues & genereux,
Sont des hommes du Ciel animés de ses feux,
Qui embrazent les saincts & font que les suplices,
Sont plus doux mille fois que vos plus chers delices,
Almacque ces martyrs, glorieux & triomphans,
Sont plus purs mille fois que les petis enfans,
Et si la cruauté leur a tranché la teste,
Le repos de leur cœur a brisé la tempeste,
Ils n'ont tendu le col, pour respandre leur sang,
Qu'afin de l'amollir par ce coup innocent,
Dont le Ciel s'est seruy pour esclairer ton ame,
D'un celeste rayon qui netoye l'infame,
A dessein d'espurer l'ordure de tes vœux,
Le Ciel nous a fait voir cette nuict des beaux feux,
O! quel astre brillant, quel esclat de lumiere,
Inuestit ces saints corps d'une riche maniere,
Les Anges cette nuict par mille beaux concerts,
Portant leurs ames au Ciel ont deslié mes fers,
Almacque apres cela ie ne suis plus Maxime,
Ie m'appelle Chrestien, c'est un vray nom sans crime,
Et tu feras bien mieux, ie le dis hautement,
En quittant ton peché, de viure innocemment,
L'erreur superstitieux qui aueugle ton ame,
Est un lien mal-heureux, & vne attache infame,
Pour moy ie suis Chrestien, de la vie aux abois
Ie le diray toujours, par tout à haute-voix,
Et si i'auois l'honneur de mourir en victime,

Mourir pour Jesus-Christ quel honneur! ô Maxime,
Ie braue ta fureur, ie me mocque de toy,
Ie crois en Iesus-Christ, ie luy donne ma foy:
Ie deffie l'Enfer, i'irrite sa colere,
Almacque il faut mourir, mais d'vne mort seuere:
Almacque verse tost, verse ce foible sang,
Afin qu'vn viel pecheur soit vn ieune innocent,
Le pecheur enueilly le criminel Maxime,
Qui pleure & qui gemit pour l'horreur de son crime.

ALMACQVE.

Maxime ce discours me touche iusques au cœur?
Quoy voules vous tomber dans cette lâche erreur?
Maxime où pensez vous, vn homme de vostre age,
Est-il bien en estat de faire le volage,
Estes vous susceptible de ces impressions,
Qui ternissent l'esclat des belles actions?
Quoy faut-il s'amuser a cette extrauagance,
Ny moins donner la foy à leur folle creance?
Ces Chrestiens enchanteurs sont des nigromantiens,
Qui par leur nouueautés abusent des anciens,
Laissez ces lâches cœurs, & agissez en sage,
Maxime a trop bon sens pour tenir ce langage:
Venerable viellard es-tu si mal-heureux,
Que de croire des sots, braues & genereux:
Maxime sçais-tu pas que ce n'est qu'impudence,
Qu'vn ieu de vanité, qu'vne folle arrogance,
Et que c'est attaquer la gloire de nos Dieux,
De croyre que leur loy soit venuë des Cieux:
Ie connois bien pourtant, infortuné Maxime,
Que tu as pour ces sots vne tres-haute estime:
Ta mine me desplaist & ton air menassant,
Semble morguer nos Dieux & mespriser mon sang:
Ah! c'est trop de douceur, animez-vous mon zele,

Et faictes escorcher ce Vieillard infidelle.
Ma rage, allumez-vous punissez l'imposteur,
Qui veut finir ses iours en traistre & en menteur.
Amis despoüillez le, & traictez ce Maxime,
Aussi seuerement que le requiert son crime :
Qu'on le fasse mourir par de cruels tourments,
Il a tord de railler de mes Commandements.

SCENE SIXIESME.

ALMAQVE, ET CECILE.

ALMACQVE.

CEcile sans mentir i'ay vn regret extréme,
De me voir obligé de m'en prendre à toy-mesme,
Valerian ton mary d'vn air tres odieux,
A bien osé fletrir la gloire de nos Dieux,
Et par le mouuement d'vne pure malice,
Il a voulu mourir d'vn infame supplice :
Et laisser sa memoire à la posterité,
Comme vn obiect d'horreur par sa temerité.
Helas ! i'aurois voulu espargner sa Noblesse,
Augmenter son honneur, luy marquer ma tendresse,
Mais en fin ton Espoux par son aueuglement,
S'est procuré la mort par ce rude tourment.
Ie voudrois bien du moins, ô ma braue Cecile,
Vous seruir maintenant de tuteur & d'azile :
Dittes confidamment où sont les grands Thresors,
De ces braues Romains dont vous auez les corps,
Parlez-moy franchement, ne faignez pas Cecile,
Obligez ma douceur, n'irritez pas ma bille.

CECILE.

Almacques ces Thresors de mesme que ces Saincts

Sont en lieu asseuré, i'en ay vuidé mes mains,
Et pour ne plus flatter vostre extreme auarice,
Ie me mocque de vous, & de vostre caprice:
Cecile veut mourir comme son cher Espoux,
Et rendre à Iesus-Christ ce qui n'est pas à vous:
Les biens viennent du Ciel, & de sa pure grace,
Pensez vous me flechir par vostre air de menace:
Les Chrestiens genereux ne craignoient rien que Dieu,
Et ne mettent iamais leur bon-heur en ce lieu,
Ils le portent plus haut, & toute leur richesse,
Est dans le Paradis l'obiect de leurs tendresse:
Ils logent leur thresor dans ce lieu de bon-heur,
On i espere bien tost voir le Dieu de mon cœur:
En vn mot o Prefect, ie n'ay rien sur la terre,
Mon Thresor est au Ciel, n'y faites plus la guerre:
Si vous voulez mon corps, il est prest aux tourments,
Exerce ta rigueur sur la chair & les sens:
Cependant mon esprit emportera la gloire,
De se rire de toy en gaignant la victoire:
Ta rage, ta fureur, n'y moins ta cruauté,
Ne sçauroient effacer les traicts de ma beauté:
Lasche superstitieux, Tyran, Prefect infame,
Arrache promptement de mon corps ma belle ame:
Ie ne veux point donner de l'encens à tes Dieux,
Ny a l'Idole vain ouurir mes chastes yeux:
Qu'on me face mourir, i'y consens tout à l'heure,
Ah que ie le veux, fais tost ie t'en coniure:
Ah! que la mort est douce à qui vit chastement,
Vne Vierge Martyre meurt glorieusement:
Mourons mon cœur mourons, la mort est agreable,
A qui prend Iesus-Christ pour son espoux aymable:
Bourreaux despeschez vous, sus redoublez vos pas,
Ie m'en vay à des nopces, quand ie cours au trepas:

Acheuons, acheuons, l'auguste sacrifice,
Ie prie le bon Dieu vous estre a tous propice.

ALMACQVE.

Cecile reuenez de vostre emportement,
Moderez cet ardeur, reglez ce mouuement:
I'ay pour vous de l'amour, autant que de l'estime,
Ne vous engagés plus dans vn semblable crime:
Rendés a l'Empereur & a sa iuste loy,
Ce que vous luy deués de souplesse & de foy,
On m'a fait vn recit qui allume mon ame,
D'vn feu de cruauté, d'vne seuere flame:
Si mon affection n'auend issoit mon cœur,
Vous seriés iustement l'obiet de ma fureur:
Que vous ayés seduit à ce qu'on vient de dire,
Ceux que i'auois commis à vous faire martyre:
Que vostre art enchanteur ait trompé les bourreaux,
Apres cet attentat, ie vous dois bien des maux,
Et ce qui me reduit au dernier de ma rage,
C'est que vous vous seruez des attraits de vostre âge,
Pour corrompre mes gens & peruertir les cœurs,
Vous aués du secours de quelque vieux resueur:
Vrbain ce grand sorcier, vous preste cet office,
Cecile obligés-moy, venés au sacrifice:
Et presentés aux Dieux de l'or & de l'encens,
Iupiter satisfait, nous serons innocens.

CECILE.

Ah Dieu! que vostre humeur paroist extrauagante,
Vostre humeur me desplait, sa douceur me tourmente:
C'est en vain, ô Prefect que tu tente ma foy,
Ie l'ay donnée à Dieu & a sa sainte loy:
Ie veux a son honneur m'offrir en sacrifice,
Mourir pour son amour & non par par caprice:
Almacque vous perdés vostre peine & le temps,

I'ay voüé a Dieu seul & mon cœur & mes sens,
Ie n'ayme rien que luy, traictés-moy de victime,
Mourir pour son respect, c'est expirer sans crime,
En vn mot ie languis d'esprouuer ses rigueurs,
Estalle les tourmens & laisse les douceurs.
Prefect ie t'en supplie, Prefect ie t'en coniure,
Ne me fais plus languir, ordonne que ie meure.

ALMACQVE.

Cecile tes discours sont si mal reuenants,
Que ie les prens pour fois & pour impertinens,
Ton esprit enchanté est deuenu debile,
Si le sexe est changeant, Ah! que tu es fragile:
Mais ce qui fait le fond de ta temerité,
Attacque insolemment la belle verité,
Et par le dernier coup de l'extreme impudence,
Tu te mocque des Dieux & de ma complaisance:
C'est trop, c'est trop souffrir vn iniuste mespris,
I'en serois criminel, & i'en serois repris,
Qu'on iette cette sotte & insigne impudente,
Dans les poiles ardeurs de l'estuue brûlante:
Et qu'vne ignorante chair, par des tourmens nouueaux,
Expie lentement l'ouurage de ces yeux.
Que si cet instrument d'vn seuere supplice,
Ne peut pas terminer l'excez de sa malice,
Qu'on luy tranche la teste, affin que par sa mort,
Elle souffre l'opprobre d'vn plus infame sort,
Et que tout l'vniuers & que toute la terre,
Tremble pour l'aduenir, de faire aux Dieux la guerre:
Alles executer ce mien commandement,
Coupés, coupés la teste que ce soit promptement
Ie ne veux plus ouyr parler cette megere,
Elle a perdu le sens, ou c'est vne legere:
Il faut exterminer les ennemis des Dieux,
Et ne plus approcher ces obiets de nos yeux.

SCENE DERNIERE.

LE PAPE VRBAIN, ET CECILE

LE PAPE VRBAIN.

CECILE Glorieuse, Illustre, & Triomphante,
Inuincible amazone, adorable innocente :
Genereuse sans pair, Astre du firmament,
Vulime de l'amour qui mourez constamment :
Vostre cœur sans deffaut vostre rare courage,
Fournit vn bel exemple aux filles de cet âge :
J'admire vos vertus & loüe l'immortel,
D'auoir pris vostre corps pour son sanglant Autel,
Ou le glaiue meurtrier de ce Tyran infame,
A versé bien du sang pour illustrer vostre ame :
Ces blessures de pris ces sainctes cicatrices,
Sont les marques d'honneur nos belle protectrices :
Et sans vous rien flater, ô ma braue Cecile,
Vostre corps tout meurtry, paroist comme en azile :
Ieune petit tendron, ciuil, delicat doux,
Ha! ie vous voudrois bien adorer a genoux :
Et recognoistre en vous l'auguste sanctuaire,
D'vn Sacrement d'amour, d'vn sublime mystere :
Ces coups miraculeux & ces tourments sanglants,
Qui sont de vos vertus les porteurs eloquents :
Preschent tout hautement que Cecile est aymable,
Qu'elle est hors de commun, & qu'elle est admirable,
Car l'ennemy iuré de la Religion,
Est outré de despit, poussé de passion :
Almacque ne peut plus dissimuler sa rage,
Vous serez cependant l'ornement de cet âge :
L'on preschera par tout fort-solemnellement,
Le Zele de ce cœur, de ce beau mouuement :
Qui a fait d'vn seul corps vne Vierge martyre,

Il y a fort long-temps que ma bouche souspire :
Apres ce pretieux bien & ce diuin bon-heur,
Qui nous verra mourir, mais mourir au Seigneur :
Helas ! ah quel transport me rauit à moy-mesme,
Ie me pasme ie meurs d'vne langueur extreme :
He faut-il qu'vn vieillard aussi agé que moy,
Meure sans rien souffrir pour deffendre sa Loy,
Et que Cecile soit couronnée de gloire,
Chargée des Lauriers d'vne insigne victoire :
En vn mot mon Enfant i'admire vos combats,
Ie reuere ce sang mettant le genoux bas,
I'adore d'vn respect parfaict & admirable,
Les frais de vostre cœur par tous inuulnerable :
Et dans cette posture humble de deuotion,
I'adore en vous l'Autheur de nostre Religion :
Et vous prie ma Fille du profond de mon ame,
D'animer vos ferueurs, d'allumer vostre flame :
Et lors que vous serez cecile dans les Cieux,
Trauaillez puissamment à confondre les Dieux,
Ayez du Pape Vrbain vne chere memoire,
Pour qu'il ayt le bon-heur de vous voir dans la gloire :
Allez cecile en paix, bel astre de nos iours,
Allez posseder Dieu l'obiect de vos amours :
Il est temps que le Ciel s'empresse & vous Couronne,
Prenez la mort en gre puisque le Ciel l'ordonne,
Et si vous me laissez l'vsage de vos biens,
Ie les partageray à nos freres Chrestiens :
Adieu encore vn coup victime glorieuse,
Vne vie sans prix vaut vne mort precieuse :
Vous viuez & mourez d'vn égal mouuement,
Puisque vous estes Vierge & Martyre en aymant :
Et vous mourez en fin pour viure dans la gloire,
La vie a ses Lauriers, & la mort sa victoire.

CECILE.

Mon Pere sans mentir vous estes obligeant,
Vous auez l'air deuot, pieux, & desgagant:
Tous ces discours sacrez, emanez de l'Oracle,
Que produit vostre cœur, mais non pas sans miracle:
Les Eslans amoureux s'expriment au dehors,
Par ces termes diuins aussi rares que forts:
Et i'ose protester que ce discour de flame,
Anime mon esprit & embraze mon ame:
Saint Pere ie recois tous vos bons sentimens,
Vos aymables faueurs & vos saints mouuemens:
Auec ce que ie dois de respect & d'estime,
Cecile vostre Fille veut mourir en victime:
Ma teste qui respand sans relasche le sang,
Affoiblissant mon corps, fortifie mes sens:
Ce sang que ie respans de ma teste blessée,
Est le pretieux dauoir de ma vie passée:
Ie donne a mon Saueur cette perte en ostage,
Pour euiter le sort d'vne Vierge volage:
De crainte de tomber dans l'extreme mal-heur,
Des Vierges imprudentes que blâme mon Saueur:
Ie veux remplir mon nom & faire que Cecile,
Empourpre de son sang la loy de l'Euangile:
Ce precis de douceur, ce compose d'amour,
Veut estre enluminé de ce sanglant recour:
Ie veux faire briller ce liure Apostolique,
Des lettres tout d'esclat, d'vne sainte musique:
Ou le cœur parlera par ces effusions,
Qui appliquent le sceau a nos deuotions:
Ce sang dira tout haut que Cecile coupable,
A bien voulu mourir pour son Espoux aymable:
Et que tous les attraits de ce monde trompeur,
N'ont iamais alteré la force de mon cœur:

Almacque

Qui anime mon cœur, qui faict mon esperance:
C'est la tout mon desir, & tout mon empressement,
C'est ma seu glorieuse, & est mon coronnement:
De mourir au Seigneur comme nous devons faire,
C'est mon but, mon desir, & toute mon affaire.
Adieu monde trompeur, les-pure adieu ence:
Et ie rend mon esprit au Dieu du firmament.
Versez sur moy des fleurs, coronnez la victime:
L'amour, aymez la lys, c'est le bout de la rithme:
Iettez, iettez sur moy ces fleurs a pleines mains,
Cecile va mourir comme meurent les Saincts.

Finis coronat opus, mirabilis Deus in san-
ctis suis.

Soli Deo Iustitia, nobis autem confusio.

FIN.

PERMISSION.

L'Aduocat du Roy au bailliage &
Chancellerie d'Autun, qui a eu
communication d'vne Tragœdie inti-
tulée Saincte Cecile couronnée en sa vie
& en sa mort comme vierge & comme
martyre, composée par le Reuerend
Pere Iean François de Nisme, Predica-
teur Religieux, Recolé, n'empesche
qu'elle ne soit Imprimée pour le bien,
& pour l'vtilité du publicq. Fait a Autun le 24. Mars 1662.

A. CORTELOT

VEu les Conclusions de l'Aduocat
du Roy, nous auons permis la
presente Tragœdie estre Imprimée &
distribuée, en foy de quoy nous auons
signé cette presente le 24. Mars 1662.

B. D'ARLAY.

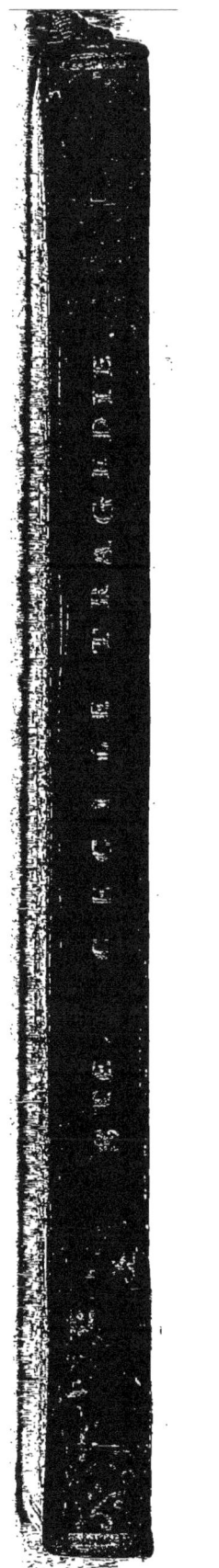

www.ingramcontent.com/pod-product-compliance
Lightning Source LLC
Chambersburg PA
CBHW060436260626
47161CB00005B/1947